近代名家首版著作導讀叢書

中國韻文史

導讀

龍榆生 著

上海科学技术文献出版社
Shanghai Scientific and Technological Literature Press

中國韻文史

龍沐勛 著

國立音樂專科學校叢書

图书在版编目(CIP)数据

《中国韵文史》导读/龙榆生著.—上海:上海科学技术文献出版社,2020
(近代名家首版著作导读丛书)
ISBN 978-7-5439-8056-3

Ⅰ.①中…　Ⅱ.①龙…　Ⅲ.①韵文—诗歌史—中国
Ⅳ.①I207.209

中国版本图书馆 CIP 数据核字(2020)第 007877 号

组稿编辑:张　树
责任编辑:苏密娅

《中国韵文史》导读

龙榆生　著

*

上海科学技术文献出版社出版发行
(上海市长乐路 746 号　邮政编码 200040)
全国新华书店经销
四川省南方印务有限公司印刷

*

开本 880×1230　1/32　印张 8.5　字数 170 000
2020 年 5 月第 1 版　2020 年 5 月第 1 次印刷
ISBN 978-7-5439-8056-3
定价:118.00 元
http://www.sstlp.com

导 读

龙榆生(1902—1966),原名沐勋,因在家中排行第七,故自称龙七,别号忍寒居士、洞庭樵隐,斋号风雨龙吟室主、荒鸡警梦室主。著有《中国韵文史》《音韵学》《唐宋词格律》等。

《中国韵文史》是中国韵文研究史上的重要著作,具有里程碑意义。于1934年出版发行。此书最早作为"国立音乐专科学校"丛书出版,是作者在上海音乐学院的讲义。因其简明扼要,又富史实,遂被视为讨论韵文的权威著作。全书分诗歌、词曲上下两篇。上篇以《诗三百篇》《楚辞》、乐府诗、五七言古近体诗、唐宋元明清诗等为一系;下篇以词曲因音乐而兴起、令词慢词之发展、正宗词派之建立、豪放词派在金朝之发展、南北小令套曲之兴起、元代散曲作家之盛、元明词之就衰、清词之复盛、散曲之衰敝、清词之结局等为一系。

中國韻文史

龍沐勛 著

國立音樂專科學校叢書

編輯凡例

一、本書分上下篇，以詩經、楚辭、樂府詩、五七言古近體詩爲一系，宋元以來詞曲爲一系。

一、本書以一種體製之初起與音樂發生密切關係者爲主；故「不歌而誦」之賦，與後來之駢文，概不述及。

一、雜劇、傳奇，有唱、有白，非全部樂歌；當別著中國戲曲史，茲亦從略。

一、本書注重體裁之發展與流變；於作家行誼，多從省略。

一、本書對於世行文學史，頗寓「補偏」之意；故稍詳於詞曲，而略於詩歌。

一、本書引用他人之說，皆標明出處，不敢掠美。

一、本書成於倉卒，謬誤知所難免；尙望讀者隨時指正。

中國韻文史

風雨龍吟室叢稿之一

目次

上篇 詩歌

下篇　詞曲

中國韻文史

上篇 詩歌

第一章 四言詩之發展與三百篇之結集

詩歌伴音樂舞蹈而俱生，爲人類發抒情感之利器；世界各民族，其文學發展之程序，蓋未有早於詩歌者。樂記云：「民有血氣心知之性，而無哀樂喜怒之常，應感而動，然後心術形焉。」漢書藝文志所謂：「哀樂之心感，而歌詠之聲發」是也。詩大序更暢論其發達之原因云：「詩者，志之所之也。在心爲志，發言爲詩。情動於中而形於言，言之不足，故嗟歎之，嗟歎之不足，故永歌之，永歌之不足，不知手之舞之，足之蹈之。」蓋自人類語言開始以來，即有詩歌產生之可能性。沈約所謂：「雖虞夏以前，遺文不覩，稟氣懷靈，理或無異；然則歌詠所興，宜自生民始也。」（宋書謝靈運傳論）

在昔文字之製作未臻於完善，民間有所謳詠，亦僅口耳相傳。三百篇以前所有作品，多出後人僞託，無可徵信，且付「闕如。」周代尙文，始立采詩之官。漢書食貨志云：

孟春之月，羣居者將散，行人振木鐸徇於路以采詩，獻之大師，比其音律，以聞於天子。

此種制度，雖起自何王，終於何代，無可稽考；而三百篇中所包涵之三頌、二雅、十五國風，即以近人之考證言之，周頌爲周代初年作品，商頌爲宋詩，魯頌爲魯詩，二雅、十五國風，大抵皆作於周代；然論時代則至少亦五六百年，論地域則有雍、冀、豫、青、兗諸州之國，不有專司其事者爲之搜集整理，孰全著之竹帛，被諸管絃？且孔子既有「詩三百五篇皆弦歌之，以求合韶武雅頌之音」（史記孔子世家）之事，則三百篇之結集，殆出於周代之「大師」無疑。

三百篇雖間有雜言，如三言之「振振鷺，鷺於飛。」五言之「誰謂雀無角，何以穿我屋？」六言之「我姑酌彼金罍，」七言之「交交黃鳥止于桑，」九言之「洞酌彼行潦，挹彼注茲。」（摯虞文章流別論）三五言調之「殷其雷在南山之陽，」二四言調之「魚麗于罶鱨鯊，」六七言調之「遭我乎猺之閒兮並驅從兩肩兮」（藥園閒話）之類，然率以四言爲主。其形式之由散趨整，亦足見其曾經潤色匪盡里巷歌謠之眞面。所謂「風」「雅」「頌」之區別，據詩大序：

上以風化下，下以風刺上，主文而譎諫，言之者無罪，聞之者足以戒，故曰風。

雅者，正也，言王政所由廢興也。

頌者，美盛德之形容，以其成功告於神明者也。

朱熹詩經集注序則云：

凡詩之所謂風者，多出於里巷歌謠之作，所謂男女相與詠歌，各言其情者也。若夫雅頌之篇，則皆成周之世，朝廷郊廟樂歌之詞，其語和而莊，其義寬而密，其作者往往聖人之徒，固所以爲萬世法程而不可易者也。

近人則以「風」屬之民衆文學，「雅」屬之朝廷文學，「頌」屬之廟堂文學。（陳鍾凡中國韻文通論）而「風」有十五國：其周召二南及王、豳同出於周，邶、鄘幷於衞，合之檜、魏、陳、齊、衞、唐、曹、鄭、秦，又各因其地勢風俗之不同，而異其風格。約而言之，秦地於禹貢時跨雍梁二州，詩風兼秦豳兩國，多言農桑衣食車馬田狩之事。唐魏居河東，其民有先王遺教，君子深思，小人儉陋，故其詩皆思奢儉之中，念死生之慮。鄭土陿而險，山居谷汲，男女亟聚會，故其俗淫。衞地有桑間濮上之阻，男女亦亟聚會，聲色生焉，故俗稱鄭衞之音。齊居海濱，其詩舒緩。（說詳漢書地理志）以人民生活狀況，反映於詩歌，其作風上之差別乃如此；而諸國風除助詞順各方之語氣，稍有變化外，其語言文字，仍歸一致；則風詩之曾經潤色，殆無可疑。

風詩旣出於里巷歌謠，其作者多不可考。惟毛傳以豳風中之七月、鴟鴞、東山三篇爲周公旦作，其描寫技術，實較其他國風爲精進。吾人苟承認雅頌爲多出於士大夫之手，所有長篇鉅製，與里巷歌謠，形式上截然殊致，則以七月等篇爲出周公手，庶幾近之。七月描寫農家生活，於嚴肅態度中，閒出以詼諧。如：

春日遲遲，采蘩祁祁。女心傷悲，殆及公子同歸。

於雜敍家常瑣屑之內，着此富於情調之筆，與東山有異曲同工之妙，不得謂爲偶然。茲舉東山全篇如下，以見風詩之一斑：

我徂東山，慆慆不歸。我來自東，零雨其濛。我東曰歸，我心西悲。制彼裳衣，勿士行枚。蜎蜎者蠋，烝在桑野。敦彼獨宿，亦在車下。

我徂東山，慆慆不歸。我來自東，零雨其濛。果臝之實，亦施于宇。伊威在室，蠨蛸在戶。町畽鹿場，熠燿宵行。不可畏也，伊可懷也。

我徂東山，慆慆不歸。我來自東，零雨其濛。鸛鳴於垤，婦歎於室。洒埽穹窒，我征聿至。有敦瓜苦，烝在栗薪。自我不見，於今三年！

我徂東山，慆慆不歸。我來自東，零雨其濛。倉庚于飛，熠燿其羽。之子于歸，皇駁其馬。親結其縭，九十其儀。其新孔嘉，其舊如之何？

阮元謂：「三頌各章皆是舞容，故稱爲頌。若元以後戲曲，歌者舞者與樂器全動作也。風雅則但若南宋人之歌詞彈詞而已，不必鼓舞以應鏗鏘之節。」（研經室集釋頌）頌多用於郊廟祭祀，作者宜爲貴族，而技術往往劣於風雅。又如周頌中之清廟一章八句，昊天有成命一章七句，時邁一章十五句，皆全篇無韻。（詳見顧炎武詩本音）或謂風雅之用韻者，其聲促；頌不用韻，其聲緩。（韻文通論引王國維說）然在文學上之價值，頌固不逮風雅遠甚，以詩歌原以抒情爲主也。

大小雅有祝頌贊美之辭，有祭祀燕飲之詩，而其中最可注意者，厥爲史詩之發展。如大雅生民之美后稷，公劉之美公劉，緜之美大王，皇矣之美文王，大明之美武王，於姬周之先世史蹟描寫恆有動人之處。又如大雅江漢敍宣王命召虎征淮夷之事，常武敍宣王命皇父征淮徐之事，小雅出車敍厲王時南仲伐玁狁之事，采芑敍宣王時方叔伐荆蠻之事，六月敍宣王命尹吉甫征玁狁之事，（參看陸侃如詩史上）並能將東遷以前之王室大事，加以鋪張之敍述。雖不足以躋於世界著名史詩之林，而周代文學與武功之發展情形，於此足覘之矣。

三百篇爲周代詩歌之總匯，亦即中國純文學之總泉源。後來之抒情詩與敍事詩，咸由風雅導其先路。其在當世，三百篇並爲入樂之章，益以孔子之提倡，謂：「詩可以興，可以觀，可以羣，可以怨。」（論語）經數百年之醞釀，而詩歌有此大結集，不可謂非中國文學史上之無上光榮已！

第二章　楚辭之興起

詩經十五國風，獨不及楚；楚聲之不同於中夏，其故可思。中國文學之南北分流，由來久矣！楚俗信巫而尚鬼，（王逸說）又地險流急，人民生性狹隘。（酈道元水經注）故其發爲文學，多閎偉窈眇之思，調促而語長，又富於想像力。加以山川奇麗，文藻益彰；視北方之樸質無華，不可「同年而語。」稽之古籍，有楚康王時之楚譯越人歌：

今夕何夕兮，搴洲中流？今日何日兮，得與王子同舟？蒙羞被好兮，不訾詬恥。心幾煩而不絕兮，知得王子。山有木兮木有枝，心悅君兮君不知！（說苑善說篇）

譯者之技術高明，令人想見楚人詩歌格調。語助用「兮」字，此在三百篇內，已多有之；特楚人於兩句中夾一「兮」字，句調較長，爲異於風詩作品耳。又如徐人歌誦延陵季子之辭：

延陵季子兮不忘故，脫千金之劍兮帶丘墓。（新序節士篇）

句法亦略同於越人歌。此楚文學形式上異於中原文學之一點也

論語微子篇載楚狂接輿歌而過孔子曰：

鳳兮鳳兮何德之衰？往者不可諫，來者猶可追。已而！已而！今之從政者殆而！

史記引第三四句，作「往者不可諫兮，來者猶可追也！」莊子引前四句則作「鳳兮鳳兮何如德之衰也？來世不可待，往世不可追也！」二書所載不同，而較論語語末各增「也」字，便有往復丁寧之意。證之離騷多有此種句法，則論語所紀錄，已稍失楚歌之語調。同時有孺子歌：

滄浪之水清兮，可以濯我纓。滄浪之水濁兮，可以濯我足。（孟子離婁篇）

則又句調近於徐人歌，而與後來之九歌同一軸杼者也。

楚辭至九歌出現，始正式建立一種新興文學。漢王逸云：「昔楚國南郢之邑，沅、湘之間，其俗信鬼而好祠。其祠必作歌樂鼓舞，以樂諸神。屈原放逐，竄伏其域，懷憂苦毒，愁思沸鬱，出見俗人祭祀之禮，歌舞之樂，其詞鄙陋，因爲作九歌之曲。」（楚辭章句）以九歌爲「屈原之所作，」後人已多疑之。宋朱熹謂「荊蠻陋俗，詞既鄙俚，而其陰陽人鬼之間，又不能無褻慢荒淫之雜。原既放逐，見而感

之故頗爲更定其詞，去其泰甚。」（楚辭集注）此雖臆說，而以九歌曾經屈原修改潤飾，殆無可疑。九歌本爲民間祠神之曲，而其形式除每句皆夾「兮」字爲楚國歌辭之普徧句法外，絕少其他方言俗語，廁雜其間；而且文采斐然，未見「其詞鄙陋」；非富有文學修養之人加以潤色，不能及此。屈原受九歌影響，以作離騷；九歌經原修改，而益增其聲價；兩者有連帶關係，亦不必多所懷疑也。

近人王國維稱：「周禮既廢，巫風大興；楚、越之間，其風尤盛。」（宋元戲曲史）證之王逸所謂：「其祠必作歌樂鼓舞以樂諸神，」知當時楚、越之巫，必兼歌舞，而自有一種祠神歌曲，別成腔調。所傳九歌之作，或原依其腔調而爲之製詞，或本有歌詞而原爲之藻飾，現已無從斷定；而在音節上，與風格上，顯帶沅湘民間歌曲之濃厚色彩，則可斷言也。

九歌爲沅湘間祠神之曲，有東皇太一、雲中君、湘君、湘夫人、大司命、少司命、東君、河伯、山鬼、國殤、禮魂等十一篇。古人以「九」爲數之極，其後宋玉亦作九辯，非必其數爲九篇也。

九歌用之「樂神，」而多爲男女慕悅之詞，此自民歌之本色。論其描寫技術，或清麗纏綿，或幽窈奇幻。例如湘君：

君不行兮夷猶，蹇誰留兮中洲？美要眇兮宜修。令沅湘兮無波，使江水兮安流。望夫君兮未來，吹參差兮誰思？

湘夫人：

帝子降兮北渚，目眇眇兮愁予。嫋嫋兮秋風，洞庭波兮木葉下。

少司命：

秋蘭兮青青，綠葉兮紫莖。滿堂兮美人，忽獨與余兮目成。入不言兮出不辭，乘回風兮載雲旗。悲莫悲兮生別離，樂莫樂兮新相知。荷衣兮蕙帶，儵而來兮忽而逝。夕宿兮帝郊，君誰須兮雲之際？與女遊兮九河，衝風至兮水揚波。與女沐兮咸池，晞女髮兮陽之阿。望美人兮未來，臨風怳兮浩歌。

山鬼：

若有人兮山之阿，被薜荔兮帶女蘿。既含睇兮又宜笑，子慕予兮善窈窕。……山中人兮芳杜若，飲石泉兮蔭松柏，君思我兮然疑作。靁填填兮雨冥冥，猨啾啾兮狖夜鳴。風颯颯兮木蕭蕭，思公子兮徒離憂！

較之十五國風，無論技術上、風調上、皆有顯著之進步。南人情緒複雜，又善懷多感，而出以促節繁音，爲詩歌中別開生面，宜其影響後來者至深也。

國殤一篇，慷慨雄強，表現三湘民族之猛摯熱烈性格；與其他諸作，又不同風；於此不能不歎楚才之可寶矣！迻錄如下：

操吳戈兮被犀甲，車錯轂兮短兵接。旌蔽日兮敵若雲，矢交墜兮士爭先。凌余陣兮躐余行，左驂殪兮右刃傷。霾兩輪兮縶四馬，援玉枹兮擊鳴鼓，天時墜兮威靈怒，嚴殺盡兮棄原壄。出不入兮往不反，平原忽兮路超遠。帶長劍兮挾秦弓，首身離兮心不懲。誠既勇兮又以武，終剛強兮不可凌。身既死兮神以靈，魂魄毅兮爲鬼雄。

第三章　偉大詩人之出現

中國古無文學專家，有之自楚人屈原始。

屈原名平，楚之同姓，爲楚懷王左徒。博聞彊志，明於治亂，嫻於辭令。初爲王所信任。既以上官大夫與之同列爭寵，而心害其能。原因讒被疏，故憂愁幽思而作離騷。（詳史記屈原列傳）是時秦昭王使張儀譎詐懷王，令絕齊交；又使誘楚，請與俱會武關；遂脅與俱歸，拘留不遣，卒客死於秦。其子襄王，復用讒言，遷屈原於江南。屈原放在草野，復作九章，援天引聖，以自證明，終不見省；不忍以清白久居濁世，遂赴汨淵自沈而死。（王逸離騷章句）原被放時之往來蹤跡，略見於哀郢、涉江、懷沙諸篇。東行發郢都，遵江夏，過夏首，南上洞庭，順江東下，東至夏浦，又東至於陵陽。南行由鄂渚至洞庭，自洞庭西南溯沅江，復自枉渚溯沅至辰陽，入溆浦。（參看陳鍾凡中國韻文通論）在此遷流轉徙，不忘欲返之時，怨悱幽憂，不得已而從事於文學之創作，以表現其熱烈純潔之情感，而成其爲偉大作家。

司馬遷云：「昔西伯拘羑里，演周易；孔子戹陳蔡，作春秋；屈原放逐，著離騷。」（史記自序）所謂「意有所鬱結」，不得不思所以發洩之；而屈原特從文學方面發展，遂爲百世詞人開此光榮之局耳。

漢書藝文志著錄屈原賦二十五篇，而傳說紛紛，篇目難定。要以離騷一篇，爲原之最偉大作品。梁劉勰云：「自風雅寢聲，莫或抽緒，奇文鬱起，其離騷哉？」（文心雕龍）司馬遷稱：「國風好色而不淫，小雅怨悱而不亂。若離騷者，可謂兼之。其文約，其辭微，其志潔，其行廉，其稱文小而其指極大，舉類邇而見義遠。其志潔，故其稱物芳；其行廉，故死而不容自疏；濯淖汙泥之中，蟬蛻於濁穢，以浮游塵埃之外；不獲世之滋垢，皭然泥而不滓者也。推此志也，雖與日月爭光可也。」（屈原列傳）離騷爲原全部人格之表現，宜其爲萬代詞人之宗矣。

在屈原未起之前，楚國已有祠神之曲；原受其影響於音節、格調方面，不能無所規摹；已詳前章，茲不更贅。近人梁啓超稱：「屈原性格誠爲積極的，而與中國人好中庸之國民性最相反也。而其所以能成爲千古獨步之大文學家，亦卽以此。彼以一身同時含有矛盾兩極之思想；彼對於現社會極端的戀愛，又極端的厭惡。彼有冰冷的頭腦，能剖析哲理；又有滾熱的感情，終日自煎自焚。彼絕不肯同化於惡社會，其力又不能化社會，故終其身與惡社會鬬，最後力竭而自殺。彼兩種矛盾惟日日交戰於胸中，結果所產煩悶，至於爲自身所不能擔荷而自殺。彼之自殺，實其個性最猛烈最純潔之全部表現。非有此奇特之個性，不能產此文學，亦惟以最後一死，能使其人格與文學永不死也。」（楚辭解題）由梁氏之言以讀離騷，知屈原以偉大之人格，乃能發爲偉大之文學；而偉大之文學，必爲高尚熱烈情感之表現，可無疑已！

離騷長至二千四百九十字，開中國詩歌未有之局。其「睠顧楚國，繫心懷王，不忘欲反；」蓋純以積極精神，圖謀國家之福利；又不肯同流合汚，以自取容。篇中最足表現其熱情，有如下列一段：

惟夫黨人之偸樂兮，路幽昧以險隘。豈余身之憚殃兮？恐皇輿之敗績。忽奔走以先後兮，及前王之踵武。荃不察余之中情兮，反信讒而齌怒！余固知謇謇之爲患兮，忍而不能舍也！指九天以爲正兮，夫唯靈修之故也！曰黃昏以爲期兮，羌中道而改路。初既與余成言兮，後悔遁而有他。余既不難夫離別兮，傷靈修之數化！余既滋蘭之九畹兮，又樹蕙之百畝。畦留夷與揭車兮，雜杜衡與芳芷。冀枝葉之峻茂兮，願竢時乎吾將刈。雖萎絕其亦何傷兮？哀衆芳之蕪穢。衆皆競進以貪婪兮，憑不猒乎求索。羌內恕己以量人兮，各興心而嫉妒。忽馳騖以追逐兮，非余心之所急。老冉冉其將至兮，恐修名之不立！朝飲木蘭之墜露兮，夕餐秋菊之落英。苟余情其信姱以練要兮，長顑頷亦何傷？擥木根以結茝兮，貫薜荔之落蕊。矯菌桂以紉蕙兮，索胡繩之纚纚。謇吾法夫前修兮，非世俗之所服。雖不周於今之人兮，願依彭咸之遺則。長太息以掩涕兮，哀民生之多艱！余雖好修姱以鞿羈兮，謇朝誶而夕替。既替余以蕙纕兮，又申之以攬茝。亦余心之所善兮，雖九死其猶未悔。怨靈修之浩蕩兮，終不察夫民心！衆女嫉余之蛾眉兮，謠諑謂余以善淫。固時俗之工巧兮，偭規矩而改錯。背繩墨以追曲兮，競周容以爲度。忳鬱邑余侘傺兮，吾獨窮困乎此時也！寧溘死以流亡兮，余不忍爲此態也！

「信而見疑，忠而被謗，」原亦自知其不能容於濁世；而自顧此身之皎潔，猶思有以感化人羣，瞻顧徘徊，不能自已。既悲煢獨，乃擬「就重華（舜也）而陳詞；」又幻想「溘埃風而上征，」藉以脫離現實。終之以「陟陞皇之赫戲兮，忽臨睨夫舊鄉；僕夫悲余馬懷兮，蜷局顧而不行。」入世既有所不能，出世又有所不忍；乃不得不出於最後之決絕：

已矣哉！國無人，莫我知兮！又何懷乎故都？既莫足與爲美政兮，吾將從彭咸之所居。

原不忍以「皓皓之白，而蒙世俗之塵埃；」（漁父）於決絕之詞，猶復不忘「美政。」其獻身社會，至不惜以體魄殉之，此志眞可「與日月爭光，」精神不死矣。

離騷雖不必能被管絃，與詩經同爲入樂之作，而其格局本出於祠神之曲，與「不歌而誦」之賦體殊科。後來入樂之詩，與一切歌詞，莫不受其影響；宋沈約所謂：「原其飈流所始，莫不同祖風騷」（宋書謝靈運傳論）者是也。

屈原既死之後，楚有宋玉、唐勒、景差之徒，皆好辭而以賦見稱。（史記）司馬遷以「辭」與「賦」對舉，是辭賦固自有別也。玉作九辯，尙爲騷體之遺，而加以變化者；所以後來又有「屈宋」之稱也。錄首章如下：

悲哉！秋之爲氣也！蕭瑟兮草木搖落而變衰，憭慄兮若在遠行，登山臨水兮送將歸。泬寥兮天高而氣淸，寂寥兮收潦而水淸。憯悽增欷兮，薄寒之中人。愴怳懭悢兮，去故而就新。坎廩兮貧士失職而志不平，廓落兮羇旅而無友生，惆悵兮而私自憐。燕翩翩其辭歸兮，蟬宋漠而無聲。鴈廱廱而南游兮，鵾鷄啁哳而悲鳴。獨申旦而不寐兮，哀蟋蟀之宵征。時亹亹而過中兮，蹇淹留而無成！

第四章　樂府詩之發展

周秦以後，直接三百篇之系統者，爲樂府詩。蓋自周衰雅頌寢聲，歌詠不作；直至漢興，高祖自爲大風之歌，唐山夫人又造房中祠樂，而後詩歌乃有復興之勢。武帝「立樂府，採詩夜誦，有趙、代、秦、楚之謳，以李延年爲協律都尉。多舉司馬相如等數十人，造爲詩賦，略論律呂，以合八音之調，作十九章之歌。」（漢書禮樂志）樂府既有專司，而樂府詩之名，因之以起。據鄭樵著錄，樂府詩之出自漢代製作者，有漢短簫鐃歌、漢鞞舞歌、胡角曲、相和歌、相和歌吟歎曲、相和歌四絃曲、相和歌平調曲、相和歌清調曲、相和歌瑟調曲、相和歌楚調曲、漢武帝郊祀之歌、班固東都五詩、漢三侯之章、漢房中祠樂等十四類；（詳見通志樂略）而作者時代之先後，不易證明。惟唐山夫人之房中祠樂，產生最早。郊祀歌大抵出於鄒陽、司馬相如諸人之手，（用梁啓超陸侃如說）與房中樂並多用四言，而時有三字句、及長短句，兼摹騷體，（如郊祀歌中之天門一章是）是蓋合詩騷而別開面目者。禮樂志所謂：「高祖樂楚聲，故房中樂楚聲也。」相和歌中之可確定爲西漢作品者，惟薤露、蒿里二曲。古今註云：

薤露、蒿里，並喪歌也，本出田橫門人。橫自殺，門人傷之，爲作悲歌，言人命奄忽，如薤上之露，易晞滅也。亦謂人死魂魄歸於蒿里。至漢武帝時，李延年分爲二曲，使挽柩者歌之。

此採民間歌曲以入樂府之可考者也。他如宋書樂志所稱：「漢世街陌謠謳，江南可採蓮、烏生八九子、白頭吟之屬，」果出於東漢抑西漢？竟不可知。其民間歌曲之愴惻動人者，則有相和歌中之箜篌引：

公無渡河！公竟渡河！渡河而死，當奈公何！

清商瑟調曲中之孤子生行：

……愴愴履霜，中多蒺藜。拔斷蒺藜，腸肉中愴欲悲。淚下渫渫，淸涕纍纍。

並極悽慘沈痛，沈德潛所稱：「淚痕血點結綴而成。」（古詩源）至大曲中之豔歌羅敷行：

日出東南隅，照我秦氏樓。秦氏有好女，自名爲羅敷。……行者見羅敷，下擔捋髭鬚。少年見羅敷，脫帽著帩頭。耕者忘其犂，鋤者忘其鋤。來歸相怨怒，但坐觀羅敷。

則又風光旖旎，細膩動人。樂府詩之出於貴族或民間者，固自殊其風趣也。

漢樂府中之鼓吹曲，大抵由於外國樂之影響。郭茂倩引劉瓛定軍禮云：「鼓吹、未知其始也。漢班壹雄朔野而有之矣。鳴笳以和簫聲，非八音也。」（樂府詩集）今所傳有短簫鐃歌十八曲，並爲長短句，而或以爲「聲辭豔相雜，不復可分」其間有抒情之風詩亦有近於雅頌者。其情詩之最佳者，如上邪：

我欲與君相知，長命無絕衰。山無陵，江水爲竭，冬雷震震，夏雨雪，天地合，乃敢與君絕。

雄強橫絕之態度，乃不似中夏民族口吻。其戰城南：

爲我謂烏「且爲客豪。野死諒不葬，腐肉安能去子逃？」

則非戰歌之最沈痛者也。

東漢作者，據郭茂倩所錄雜曲，有馬瑗之武溪深行，傅毅之冉冉孤生竹行，張衡之同聲歌，辛延年之羽林郎，宋子侯之董嬌饒，繁欽之定情詩，而無名氏之作，亦復不少。張衡、傅毅、並用五言。以五言

人樂章，則知五言詩之起源，蓋至遲亦當萌芽於西漢矣，

魏代曹氏父子所製樂府特多。就昭明文選所錄，武帝有短歌行、苦寒行，文帝有燕歌行、善哉行，曹植有箜篌引、美女篇、白馬篇、名都篇。其著錄於樂府詩集及宋書樂志者，尤不可勝數。然「或述酣宴，或傷羈戍，志不出於淫蕩，辭不離於哀思，雖三調之正聲，實韶夏之鄭曲」（文心雕龍樂府）且開南朝仿作樂府之漸，故文學史家不取焉。

魏晉而後，南北分疆，南朝之清商曲，北朝之橫吹曲，續出民歌甚富，又爲樂府詩放一異彩。南朝樂府，多出於晉宋之間，而又別其出於江南者爲吳聲歌曲，出於荊、郢、樊、鄧之間，而其聲節送和與吳歌異者爲西曲（樂府詩集）北朝以異族進據中原，吹笳鳴角之雄風，乃爲詩歌別闢境界。大抵南主溫馨軟媚，北尚坦直雄強，以民族性之不同，各極其致，此南北樂府之大較也。

南朝樂府之有主名者，有晉沈玩之前溪歌，王廞之長史變歌，王獻之之桃葉歌，王珉之團扇歌，宋汝南王之碧玉歌（並見宋書樂志及樂府詩集）其民歌之最流行者，則有子夜歌、華山畿、讀曲歌之屬，每種各數十曲，作者非一人。其特點，喜以諧音之字雙關，如以「絲」諧相思之「思」，「芙

容」諧「夫容」「蓮」諧「憐」「藕」諧配偶之「偶」「碑」諧「悲」「蹄」「題」諧「啼」之類，遽數不能悉終。吳歌並言兒女之情「其始皆徒歌，既而被之管絃」（晉書樂志）亦靡靡之音也。然如子夜歌：

宿昔不梳頭，絲髮被兩肩。腕伸郎膝上，何處不可憐。

始欲識郎時，兩心望如一。理絲入殘機，何悟不成匹！

讀曲歌：

自從別郎後，臥宿頭不舉。飛龍落藥店，骨出只為汝！

思歡不得來，抱被空中語。月沒星不亮，持底明儂緒？

華山畿：

華山畿！君既為儂死，獨生為誰施？歡若見憐時，棺木為儂開。

未敢便相許。夜聞儂家論，不持儂與汝。

奈何許！天下人何限，慊慊只為汝！

後者情尤濃摯專一，未可以「鄭聲」目之。西曲有石城樂、烏夜啼、莫愁樂、襄陽樂、懊儂歌之屬，多寫別離之苦。如莫愁樂：

　　聞歡下揚州，相送楚山頭。探手抱腰看，江水斷不流。

懊儂歌：

　　江陵去揚州，三千三百里。已行一千三，所有二千在。

並以極樸拙之語出之，而深情自見，此南朝樂府所以爲善道兒女之情也。

　　北朝樂府有企喻歌、瑯琊王歌、紫騮馬歌、地驅樂歌、隴頭流水歌、隔谷歌、捉搦歌、折揚柳歌之屬，或敍邊塞之苦，或言男女之情，並極坦率雄強，與南人殊致。其言邊塞之苦者，如隴頭歌辭：

　　隴頭流水，流離山下。念吾一身，飄然曠野！

　　朝發欣城，暮宿隴頭。寒不能語，舌卷入喉。

　　隴頭流水，鳴聲嗚咽。遙望秦川，心肝斷絕？

言兒女之情者，如地驅樂歌辭；

側側力力，念君無極。枕郎左臂，隨郎轉側。

摩捋郎鬚，看郎顏色。郎不念女，不可與力。

捉搦歌：

誰家女子能行步，反著裌襌後裙露。天生男女共一處，願得兩箇成翁嫗。

黃桑柘屐蒲子履，中央有系兩頭繫。小時憐母大憐婿，何不早嫁論家計？

快人快語，不似江南女兒之扭揑作嬌羞態。至表現北人尙武精神者，則有瑯琊王歌：

新買五尺刀，懸著中梁柱。一日三摩娑，劇於十五女。

愛刀劇於少女，可見北人性格之一斑。中國文學往往受外族之影響，而起劇烈變化，此亦其例證已。

此外南朝樂府有孔雀東南飛，北朝樂府有木蘭詩，並爲偉製，合當補述。孔雀東南飛，據徐陵玉臺新詠，謂是建安時人爲廬江府小吏焦仲卿妻作；郭茂倩編入雜曲歌辭。近人多認爲出於南朝，在長篇敍事詩中，實開中國詩壇未有之境。陸侃如謂恐受佛本行經及佛所行讚經之影響，（詳詩史樂府時代）理或然歟？木蘭詩、郭茂倩編入橫吹曲辭，關於作者時代問題，近人亦多爭論，而詩中兩言「可汗，」又有「燕山」「黑山」之語，殆爲北朝作品無疑。

樂府詩產生於漢代，而極其致於南北朝。自後雖隋唐諸詩人，迭有仿作，然皆不復入樂，僅能躋於五七言詩之林矣。

第五章　五七言詩之發展

五七言詩出於漢代之歌謠，久乃脫離音樂，而爲文人發抒情感之重要體製。其起源不可詳考，以意測之，其詩經與楚辭合流後之自然產物乎？鍾嶸謂：「逮漢李陵，始著五言之目。」（詩品）而世傳蘇李贈答之詩，劉勰已疑之。（說詳文心雕龍明詩）至古詩十九首，徐陵玉臺新詠著錄其中八首爲枚乘作，李善注文選，亦謂：「疑不能明。」近人辯證甚多，「此體之興，必不在景武之世」（錢大昕十駕齋養新錄）殆已成定讞矣。

漢樂府如清商曲中之飲馬行，雜曲中之冉冉孤生竹行，多用五言，而不詳其年代。惟漢書五行志所載成帝時童謠：

邪徑敗良田，讒口亂善人。桂樹華不實，黃雀巢其顚。昔爲人所羨，今爲人所憐。

足爲五言詩產生於西漢時之證。比observed而推，則漢樂府中之淸商曲辭，未必悉爲東漢作品。又漢書載永始元延間（成帝時）尹賞歌：

安所求子死？桓東少年場。生時諒不謹，枯骨復何葬？

後漢書載光武時涼州歌：

遊子常苦貧，力子天所富。寧見乳虎穴，不入冀府奇。

並爲不知名之作者所爲，而適足證明西漢末年，爲五言詩之草創時代。（參看鄭振鐸中國文學史第一冊）其時雖未爲文人所採用，而其體已大行於民間。至東漢則有班固（字孟堅，扶風人。）之詠史，蔡邕（字伯喈，陳留人。）之翠鳥，秦嘉（字士會，隴西人。）之贈婦，酈炎（字文勝，范陽人。）之見志，並以五言爲詩；而蔡琰（字文姬，邕女。）沒於匈奴，備遭喪亂流離之慘，還國之後，作悲憤以寫經歷情形，爲長五百餘字之敍事詩，語多沈痛。五言詩之進展，得此女作家，以下開建安之盛，亦至堪誇耀之事已。

七言詩之起源，舊說謂始於漢武帝時之柏梁聯句，顧炎武已駁斥之。（說詳日知錄二一）漢初好楚聲，楚歌多七字爲句；如項羽之垓下歌，高祖之大風歌，苟去其「兮」字，或易「兮」字爲他字，即成七言詩體；而其演變之跡，可於張衡（字平子，南陽人。）之四愁詩見之：

我所思兮在雁門，欲往從之雪紛紛，側身北望淚沾巾。美人贈我錦繡段，何以報之青玉案。路遠莫致倚增歎，何爲懷憂心煩惋？

至魏文帝之燕歌行，則脫盡楚調，而七言詩之體格，乃純粹獨立。五七言詩之發展，蓋以建安之際，爲最大樞紐矣。

建安（漢獻帝年號）之世，曹氏父子，（武帝操字孟德，文帝丕字子桓。）並好文學；而又有孔融、（字文舉，魯國人。）陳琳、（字孔璋，廣陵人。）王粲、（字仲宣，山陽人。）徐幹、（字偉長，北海人。）阮瑀、（字元瑜，陳留人。）應瑒、（字仲璉，汝南人。）劉楨、（字公幹，東平人。）號稱「建安七子」，爲之輔翼，追隨談讌，飲酒賦詩，相互觀摩，而專家以出。武帝英雄本色，氣韻沈雄；文帝婉約風流，稍欠魄力；三曹之傑，端推陳王。（曹植字子建）七子之中，文帝獨稱劉楨，謂「其五言詩妙絕當時」（魏志注引丕與吳質書）後世遂以楨與陳王並稱，有「曹劉」之目。實則差堪與陳王比肩者，惟一王粲。粲之七哀詩：

……出門無所見，白骨蔽平原。路有飢婦人，抱子棄草間。顧聞號泣聲，揮涕獨不還。「未知身死處，何能兩相完！」驅馬棄之去，不忍聽此言。

實開杜甫一派傷亂詩之先路。次則陳琳之飲馬長城窟行：

飲馬長城窟，水寒傷馬骨。往謂長城吏：「愼莫稽留太原卒。」官作自有程，舉築諧汝聲。男兒寧當格鬬死，何能怫鬱築長城！」長城何連連，連連三千里。邊城多健少，內舍多寡婦。作書與內舍：「便嫁莫留住！善事新姑嫜，時時念我故夫子！」報書往邊地：「君今出語一何鄙？……生男愼莫舉，生女哺用脯。君獨不見長城下，死人骸骨相撑拄！……」

激昂沈痛，亦爲唐人新樂府導其先河。至陳王以貴公子見忌於兄（丕）遠徙他鄉，鬱鬱以死。其天才超絕，而處境不堪，發爲詩歌，纏綿悱惻，其代表作如贈白馬王彪一首，尤極千回百折，抑掩悲涼之致。五言詩至此，已漸造極登峯。鍾嶸評爲「骨氣奇高，詞彩華茂，情兼雅怨，體被文質」（詩品）不爲溢美矣。

第六章　五言詩之極盛

自建安而後，宋齊以還，爲五言詩之極盛時期。綜厥源流，約有四變：

當魏晉易代之際，阮籍（字嗣宗陳留尉氏人。）自放於酒，猖狂憂憤，一發於五言詩。作詠懷八十餘篇。或悼宗國將亡，權奸得志；或直抒己志，慷慨自傷。（說詳陳沆詩比興箋）特以「身事亂朝，常恐遇禍，因茲發詠，故每有憂生之嗟，雖事在刺譏，而文多隱避。」（顏延年詠懷詩注）然其悲壯熱烈之抱負，固自充溢於字裏行間。例如：

炎光延萬里，洪川蕩湍瀨。彎弓掛扶桑，長劍倚天外。泰山成砥礪，黃河爲裳帶。視彼莊周子，榮枯何足賴？捐身棄中野，烏鳶作患害。豈若雄傑士，功名從此大？

風骨高騫，曠世無匹。元好問稱其「縱橫詩筆見高情，何物能澆磈壘平？老阮不狂誰會得？出門一笑大江橫。」（論詩絕句）可想其權奇磊落之韻度，又不僅「阮旨遙深」（文心雕龍）而已。

魏代玄學盛行，影響及於文學。劉勰所謂：「正始（魏志：「齊王芳改元正始」）明道，詩雜仙心，何晏之徒，率多浮淺。」（文心雕龍明詩）流波所被，兩晉猶扇玄風，競爲說理之詩，絕少抒情之作。所謂「太康（晉武帝年號）文學」之代表作者，「三張、」（張載、張協、張亢。）「二陸、」（陸機、陸雲。）「兩潘、」（潘岳、潘尼。）「一左，」（左思）爲時所稱，然視阮籍詠懷，皆望塵莫及。東晉惟劉琨（字越石，中山魏昌人。）仗淸剛之氣，郭璞（字景純，河東人。）用儁上之才，一掃虛談，卓然有所建樹。然總論晉代詩壇，終以「理過其辭，淡乎寡味」（詩品）者，爲占最多數矣。

晉宋之間，得一陶潛，（字淵明，潯陽柴桑人）爲詩家開田園一派，鍾嶸詩品推爲「古今隱逸詩人之宗。」然陶詩亦分沖淡悲憤二種，如讀山海經之類，大抵寄慨無端，所謂「定哀微詞，莊辛隱語，」（詩比興箋）與嗣宗詠懷，同其旨趣。特影響後來最大者，厥惟田園寄興之作耳。茲舉飲酒一首如下：

結廬在人境，而無車馬喧。問君何能爾？心遠地自偏。采菊東籬下，悠然見南山。山氣日夕佳，飛鳥相與還。此中有眞意，欲辨已忘言。

後來如唐之韋應物、儲光羲，宋之蘇軾輩，皆心摹手追，而不能幾及。信乎其高曠之懷，渺不可攀矣！

降逮宋氏，顏（延之字延年，琅琊臨沂人。）謝（靈運陳郡陽夏人。）騰聲。鍾嶸詩品稱：「元嘉（宋武帝年號）中，有謝靈運才高詞盛，富豔難蹤，固已含跨劉、郭，陵轢潘、左。故知陳思（曹植）爲建安之傑，公幹、仲宣爲輔；陸機爲太康之英，安仁、（潘岳）景陽（張協）爲輔；謝客爲元嘉之雄，顏延年爲輔；斯皆五言之冠冕，文詞之命世也。」近人論詩，有元祐、元和、元嘉三關之說（沈曾植與金蓉鏡書，見東方雜誌所載王蘧常著沈寐叟先生年譜。）而元嘉之代表作者爲顏謝。湯惠休嘗許二家詩云：「謝詩如出水芙蓉，顏詩似鏤金錯采；」沈約亦稱：「靈運之興會飆舉，延年之體裁明密；」（宋書謝靈運傳論）然二家皆工於纂組，所謂「清水出芙蓉天然去雕飾」者，靈運猶不足以當之。惟詩至元嘉，玄風漸歇；鍾嶸所謂：「老莊告退，而山水方滋；」（詩品）靈運實開詩界模山範水之宗；雖有時兼談玄理，而刻畫自然景象者，實佔多數，此五言詩之一大變也。後來寫景之作，皆不能出其範圍。繼靈運而起者，有鮑照、（字明遠）謝惠連，（靈運族弟）而照嘗擬古樂府，甚遒麗，亦「善製形容寫物之詞。」（詩品）杜甫所稱：「俊逸鮑參軍」也。南齊謝朓，（字玄暉，陳郡陽夏人。）

善爲寫景之詩，與靈運同稱「二謝」。茲爲各舉一首，以見二家之風格：

從斤竹澗越嶺溪行一首　謝靈運

猨鳴誠知曙，谷幽光未顯。巖下雲方合，花上露猶泫。逶迤傍隈隩，迢遞陟陘峴。過澗既厲急，登棧亦陵緬。川渚屢逕復，乘流翫迴轉。蘋萍泛沈深，菰蒲冒清淺。企石挹飛泉，攀林擿葉卷。想見山阿人，薜蘿若在眼。握蘭勤徒結，折麻心莫展。情用賞爲美，事昧竟誰辨？觀此遺物慮，一悟得所遣。

晚登三山還望京邑　謝朓

灞涘望長安，河陽視京縣。白日麗飛甍，參差皆可見。餘霞散成綺，澄江靜如練。喧鳥覆春洲，雜英滿芳甸。去矣方滯淫，懷哉罷歡宴。佳期悵何許？淚下如流霰。有情知望鄉，誰能鬒不變！

自漢末至此，五言詩之進展，舉凡抒情、說理、田園、山水之作，無不燦然大備。迨齊、梁新體詩出，而古意蕩然；沈約、王融，倡聲病之說，遂啓律詩之漸。所謂五言古體詩，乃暫消歇於宋齊之間矣。

第七章　律詩之進展

「律詩」一稱「近體詩，」又稱「今體詩，」蓋與「古體」爲對待名詞；萌蘖於齊、梁，而大成於唐之沈、（佺期）宋。（之問）其體嚴對偶，拘平仄，有一定之法式，不可或踰。有諧協之音與整齊之美，於詩歌爲一變革；而不善者爲之，往往流於平板庸腐：此其得失利病之大較也。

世稱「永明（齊武帝年號）文學，」應用四聲八病之說以製詩歌；而竟陵王子良、（武帝子）實爲提獎。所謂「竟陵八友，」（蕭衍、王融、謝脁、任昉、陸倕、范雲、蕭琛。）多數研鑽聲律，而尤以沈約（字休文，吳興武康人。）王融（字元長，瑯琊臨沂人。）爲甚。南齊書陸厥傳稱：「約等文（當時以有韻者爲文，無韻者爲筆。）皆用宮商，以平、上、去、入爲四聲，以此制韻，不可增減，世呼爲『永明體』。」此體之興，據鍾嶸稱：「王元長創其首，謝脁、沈約揚其波，三賢或貴公子孫，幼有文辨；於是士流景慕，務爲精密，襞積細微，專相凌架；故使文多拘忌，傷其眞美。」（詩品）嶸雖持反對之論，而當時風氣所趨，終於造成新局。王、沈之作，雖尚不能稱爲後來之所謂「律詩」而已規模略具；例如王融之蕭諮議西上夜集：

徘徊將所愛，惜別在河梁。衿袖三春隔，江山千里長。寸心無遠近，邊地有風霜。勉哉勤歲暮，敬矣事容光。山中殊未懌，杜若空自芳。

平仄對偶，皆漸趨嚴謹；所異於「律詩」者，惟多至十句及「失黏格」耳。

梁武帝（蕭衍）雖不遵用四聲，（帝問周捨曰「何謂四聲？」捨曰：「天子聖哲是也」）而篤好文學；其子簡文帝、元帝，皆喜爲輕豔之詞，當時號爲「宮體」；而精研律切，儼然律體之先河。如簡文折楊柳，五言八句，其中「葉密鳥飛礙，風輕花落遲，」直「律詩」之佳聯。嗣是何遜、（字仲言，東海剡人）吳均、（字叔庠，吳興人）王筠、（字元禮，瑯琊臨沂人。）柳惲、庾肩吾之徒，莫不聞風與起，爭爲嘽緩。遜詩尤近唐人律體。如所作慈姥磯：

暮煙起遙岸，斜日照安流。一同心賞夕，暫解去鄉憂。野岸平沙合，連山遠霧浮。客悲不自已，江上望歸舟。

幾與初唐人格調無殊。齊代陰鏗，（字子堅）與遜齊名；杜甫所謂「頗學陰何苦用心，」可想見其句律之精警。此外如江總、（字總持，濟陽考城人。）張正見、（字見賾，清河東武城人。）徐陵，（字孝穆，東海剡人。）及北周之庾信、（字子山，南陽新野人，肩吾子。）王褒，（字子淵，瑯琊臨沂人。）隋之薛道衡、（字元卿，河東汾陰人。）虞世基（字茂世，會稽餘姚人。）等，皆為「律詩」進展歷程中之主要人物；而以庾信為之魁；杜甫稱之曰：「清新庾開府，」又曰：「庾信文章老更成。」結齊梁新體之局，而下開唐人律詩之盛，庾信為承先啓後之詩傑矣。茲錄詠懷一首為例：

蕭條亭障遠，悽慘風塵多。關門臨白狄，城影入黃河。秋風別蘇武，寒水送荊軻。誰言氣蓋世？晨起帳中歌。

唐初承陳隋舊習，旋有「上官體」與「四傑體」之產生。上官儀（字游龍，陝州陝人。）為詩，綺錯婉媚，人多效之，謂為「上官體」。儀標「六對」之說，所謂正名對、同類對、連珠對、雙聲對、疊韻對、雙擬對；（說詳詩苑類格，引見謝無量中國大文學史）其女孫婉兒繼之，對法益精，因以促成「律詩」之建立。王勃、（字子安，絳州龍門人。）楊炯、（華陰人。）盧照鄰、（字昇之，范陽人。）駱賓王，（義烏人。）號「初唐四傑，」王世貞稱其「詞旨華麗，固緣陳隋之遺；骨氣翩翩，意象老境，超然勝之五言遂爲律家正始。」（藝苑卮言）賓王有在獄詠蟬：

西陸蟬聲唱，南冠客思深。不堪玄鬢影，來對白頭吟。露重飛難進，風多響易沈。無人信高潔，誰爲表予心？

興寄遙深，屬對工切。蓋律詩至此，已漸臻成熟之境，風骨亦視齊梁爲高矣。

迨沈佺期、（字雲卿，相州內黃人。）宋之問（字延清，虢州弘農人。）出，承沈約、庾信之餘波，「又加靡麗，回忌聲病，約句準篇，如錦繡成文，」（全唐詩話）而律詩乃正式成立。獨孤及稱之曰：「言之而中倫，歌之而成聲，緣情綺靡之功，至是始備。」沈宋之外，又輔之以杜審言，（字必簡，襄州襄陽人。）學者宗之，而律詩遂風靡一世矣。茲舉沈、宋詩各一首以示例：

古意呈補闕喬知之　　沈佺期

盧家少婦鬱金香，海燕雙棲玳瑁梁。九月寒砧催木葉，十年征戍憶遼陽。白狼河北音書斷，丹鳳城南秋夜長。誰謂含愁獨不見？更教明月照流黃。

度大庾嶺　宋之問

度嶺方辭國，停軺一望家。魂隨南翥鳥，淚盡北枝花。山雨初含霽，江雲欲變霞。但令歸有日，不敢恨長沙。

第八章　唐詩之復古運動

自貞觀（太宗）以迄垂拱、（武后）景龍（中宗）之間，世咸以律詩相矜尚，佻佞之風既熾，比興之義日微。於是有豪傑之士，倡言復古，思幹之以風力，以振廢起衰。陳子昂（字伯玉，梓州射洪人。）出，崇漢魏而薄齊梁，將矯南朝之浮靡，而反諸淳樸。其所持之理論，則以爲「漢魏風骨，晉宋莫傳；齊梁間詩，彩麗競繁，而興寄都絕。」（孤竹篇序）文勝返質，爲其最大主張。其詩務「骨氣端詳，音情頓挫，」（同上）而悉以單行之筆出之，與沈宋之專崇對偶，迴忌聲病者，全立於反對地位。例如感遇：

翡翠巢南海，雄雌珠樹林。何知美人意，嬌愛比黃金。殺身炎州裏，委羽玉堂陰。旖旎光首飾，葳蕤爛錦衾。豈不在遐遠？虞羅忽見尋！多材固爲累，嗟息此珍禽！

所謂「陶洗六朝鉛華，都盡托寄大阮」（藝苑卮言）者也。

張九齡、（字子壽，韶州曲江人。）李白（字太白，隴西成紀人。）繼起，並以復古相號召。九齡亦作感遇十二首，其一云：

蘭葉春葳蕤，桂華秋皎潔。欣欣此生意，自爾爲佳節。誰知林棲者，聞風坐相悅。草木有本心，何求美人折。

寄興遙深，實與子昂同派。白才逸氣高，與子昂齊名，先後合德。其論詩云：「梁陳以來，豔薄斯極，休文又尙以聲律將復古道，非我而誰？」（孟棨本事詩）嘗作古風以標宗旨。其第一首云：

大雅久不作，吾衰竟誰陳？王風委蔓草，戰國多荊榛。龍虎相啖食，兵戈逮狂秦。正聲何微茫？哀怨起騷人。揚馬激頹波，開流蕩無垠。廢興雖萬變，憲章亦已淪。自從建安來，綺麗不足珍。聖代復元古，垂衣貴清眞。羣才屬休明，乘運共躍鱗。文質相炳煥，衆星羅秋旻。我志在刪述，垂暉映千春。希聖如有立，絕筆於獲麟。

其以復古自任如此！白又嘗言：「興寄深微，五言不如四言，七言又其靡也；况使束於聲調，俳優哉！」（本事詩）白富天才，馳騁筆力，兼工各體。杜甫常擬以「清新庾開府，俊逸鮑參軍，」（春日懷李白）殆猶非白之本志。

陳、李諸人，各以復古自命；仍不免囿於風氣，兼作律詩；特皆五言，不爲七律耳。如子昂之入峭峽：

肅徒歌伐木，鶩檝漾輕舟。靡迤隨波水，潺湲泝淺流。烟沙分兩岸，露島夾雙洲。古樹連雲密，交峯入浪浮。巖潭相映媚，溪谷屢環周。路迴光踰逼，山深興轉幽。麏鼯寒思晚，猿鳥暮聲秋。誓息蘭臺策，將從桂樹遊。因書謝親愛，千歲覓蓬丘。

白之送友人：

青山横北郭，白水遶東城。此地一爲別，孤蓬萬里征。浮雲游子意，落日故人情。揮手自茲去，蕭蕭班馬鳴。

何嘗不屬對嚴整，「律切精深？」惟其風骨高騫，不流於綺靡，故足取耳。

自子昂以迄張、李，從事復古運動；雖未能將律詩推倒，而古近二體，疆界以分。即近體律詩，亦轉崇風力，以下開開元、天寶之盛，爲詩歌史上放一異彩。則三家復古之說，即爲啓新之漸，此實詩壇一大轉關也。

第九章　詩歌之黃金時代

唐自太宗奠定國基，累世帝王，並崇文學。積百餘年之涵養，至開元、天寶間，篇什紛披，人才輩出。旣而安（祿山）史（思明）亂作，詩人憂患飽更，愁苦呼號，作風丕變。亂前亂後，又爲一大轉關；而此五六十年間，遂爲詩歌之黃金時代。

盛唐作者，世推王（維字摩詰，河東人）李、（白）高、（適字達夫，渤海蓨人。）岑、（參南陽人。）而四家並擅樂府新詞，別出機杼。李白以復古自任，而筆力變化，極於歌行。王世貞以白爲七言歌行之聖，謂能「以氣爲主，以自然爲宗，以俊逸高暢爲貴，咏之使人飄飄欲仙。」（藝苑卮言）例如夢遊天姥吟留別：

海客談瀛洲，煙濤微茫信難求。越人語天姥，雲霓明滅或可覩。天姥連天向天橫，勢拔五嶽掩赤城。天台四萬八千丈，對此欲倒東南傾。我欲因之夢吳越，一夜飛度鏡湖月。湖月照我影，送我至剡溪。謝公宿處今尚在，綠水蕩漾清猿啼。腳著謝公屐，身登青雲梯。半壁見海日，空中聞天雞。千巖萬轉路不定，迷花倚石忽已暝。熊咆龍吟殷巖泉，慄深林兮驚層巔。雲青青兮欲雨，水澹澹兮生煙。列缺霹靂，邱巒崩摧。洞天石扇，訇然中開。青冥浩蕩不見底，日月照耀金銀臺。霓爲衣兮風爲馬，雲之君兮紛紛而來下。虎鼓瑟兮鸞回車，仙之人兮列如麻。忽魂悸以魄動，怳驚起而長嗟。惟覺時之枕席，失向來之烟霞。世間行樂亦如此！古來萬事東流水。別君去兮何時還？且放白鹿青崖間，須行卽騎訪名山。安能摧眉折腰事權貴，使我不得開心顏？

惝怳迷離，涉想奇幻；用筆尤超拔縱恣，不僅能見其想像力之高而已。

王維好禪靜，愛山水，開唐代「自然詩人」之宗；而樂府歌詞，在當時流傳頗盛。死後代宗曾對其弟縉言：「卿之伯氏，天寶中，詩名冠代。朕嘗於諸王座聞其樂章。」其作洛陽女兒行時年僅十六，作桃源行時年僅十九，作燕支行時年僅二十一。(並見王右丞集自注)其樂府歌行，大抵皆少作。晚居輞川別業，與裴迪彈琴賦詩，歌唱自然，翛然有出世之想，作品乃與陶潛爲近。

高岑歌行，最爲矯健；岑尤磊落奇俊，特工邊塞之作。岑嘗從封常清軍，官安西，先後凡五載。(參攷舊唐書封常淸傳及許彥周詩話）所有絕域風光，奇聞異事，參皆身親而目擊之。故其詩亦挾塞外風沙之氣，聲容激壯，變化無方。例如走馬川行奉送出師西征：

君不見走馬川行雪海邊，平沙莽莽黃入天。輪臺九月風夜吼，一川碎石大如斗，隨風滿地石亂走。匈奴草黃馬正肥，金山西見烟塵飛，漢家大將西出師。將軍金甲夜不脫，半夜軍行戈相撥，風頭如刀面如割。馬毛帶雪汗氣蒸，五花連錢旋作冰，幕中草檄硯水凝。虜騎聞之應膽懾，料知短兵不敢接，車師西門佇獻捷。

是能於李杜之外，別成風格。南宋陸游之作，受其影響甚深。

自王維棲心禪悅，寄情山水，爲歌唱自然之詩；孟浩然（襄陽人。）儲光羲（兗州人。）繼之，並以陶潛爲法。沈德潛謂：「陶詩胸次浩然，其中有一段淵深樸茂不可到處。唐人祖述者，王右丞有其淸腴，孟山人有其閒遠，儲太祝有其朴實。」（說詩晬語）三家皆多作五言，與高岑諸人分途發展；而維之五言絕句，如輞川集中諸作，尤簡淡高遠，不食人間烟火氣，是能於諸家之外，開徑獨行者。特錄二首如下：

木蘭柴：

秋山斂餘照，飛鳥逐前侶。彩翠時分明，夕嵐無處所。

欒家瀨：

颯颯秋雨中，淺淺石溜瀉。跳波自相濺，白鷺驚復下。

前人稱維「詩中有畫」，信然。

唐人以絕句入樂，開元天寶間，此風尤盛。旗亭賭唱，所歌並爲絕句詩。（詳碧雞漫志）一時作者雲興，而李白與王昌齡（字少伯，京兆人）最爲傑出。王世貞稱：「七言絕句，王江陵（昌齡曾官江陵丞）與太白爭勝毫釐，俱是神品。」（藝苑巵言）昌齡所作宮怨，尤深合風人微婉之義，饒絃外之音。例如長信秋詞：

奉帚平明金殿開，且將團扇暫徘徊。玉顏不及寒鴉色，猶帶昭陽日影來！

深情幽怨，意旨微茫，令人測之無端，玩之無盡。（唐詩別裁集）王士禎以此與王維之「渭城朝雨」，李白之「朝辭白帝」，王之渙之「黃河遠上」爲唐人壓卷之作。以爲「終唐之世，絕句亦無出此四章之右者。」（萬首絕句選凡例）若論寄興深微，則三家視此，殆猶有遜色焉。

此一時期之詩歌，如上述諸家，並各有其創造精神，而自成體格。他如殷璠河嶽英靈集所錄盛唐作者，如常建、劉昚虛、張渭、王季友、陶翰、李頎、崔顥、薛據、綦毋潛、崔國輔、賀蘭進明、崔曙、王灣、祖詠、盧象、李嶷、閻防之屬，所謂「既閑新聲，復曉古體，文質半取，風騷兩挾，言氣骨則建安爲儔，論宮商則太康不遠」（河嶽英靈集論）者，亦足窺見當時作者之盛，茲亦不暇詳及云。

第十章　詩聖杜甫

天寶之亂，詩人轉徙流離，回首承平，如夢初覺；於是出其訓練有素之詩筆，以從事於目擊身經社會實際狀況之描寫，由浪漫而回到平實，由天上而回到人間；（參用胡適白話文學史）用詩歌以表現人生，反映社會；於是內容益見充實，光燄萬丈，亘古常新。杜甫適當其時，旣體備衆製，旋經喪亂流離之痛，實始轉移目標，以表現時代精神，而開詩壇之新局。無論內容形式，創格至多。自元稹、秦觀，咸以甫爲集大成之作者；近人梁啓超，且有「情聖杜甫」之目。謂杜甫爲「詩聖」，蓋古今無異辭矣。

甫論詩主張，與李白異趣。白好爲高論，甫則奄取衆長。嘗言：「不薄今人愛古人」「轉益多師是汝師」；又稱「竊攀屈宋宜方駕，頗學陰何苦用心」（戲爲六絕句）並足窺見其訓練之精工，與門庭之廣大。其取材既博，又能捨短取長，故其爲詩，「上薄風雅，下該沈宋，言奪蘇李，氣吞曹劉，掩顏謝之孤高，雜徐庾之流麗，盡得古人之體勢，而兼今人之所獨專。」（元稹杜君墓誌銘）此其技術之訓練，過於當世諸賢者也。

甫詩功既深，乃脫棄古人，而自行創造。元稹稱其「悲陳陶、哀江頭、兵車、麗人等，凡所歌行，率皆即事名篇，無復倚傍。」（樂府古題序）其五言古體，如北征、奉先詠懷、三吏、三別諸作，並能注意民生疾苦，表現當世社會實在情形，可泣可歌。至茅屋爲秋風所破歌之末段：

安得廣厦千萬間，大庇天下寒士俱歡顏，風雨不動安如山。嗚呼！何時眼前突兀見此屋，吾廬獨破受凍死亦足！

悲壯熱烈，眞有「釋迦基督擔當人世罪惡之意」（借用王國維評李後主詞句）甫之所以爲「情聖」者以此。更錄自京赴奉先縣詠懷五百字一首如下：

杜陵有布衣，老大意轉拙。許身一何愚？竊比稷與契。居然成濩落，白首甘契闊。蓋棺事則已，此志常覬豁。窮年憂黎元，歎息腸內熱。取笑同學翁，浩歌彌激烈。非無江海志，蕭灑送日月。生逢堯舜君，不忍便永訣。當今廊廟具，構廈豈云缺？葵藿傾太陽，物性固難奪。顧惟螻蟻輩，但自求其穴。胡爲慕大鯨，輒擬偃溟渤？以茲悟生理，獨恥事干謁。兀兀遂至今，忍爲塵埃沒？終愧巢與由，未能易其節。沈吟聊自適，放歌破愁寂。歲暮百草零，疾風高岡裂。天衢陰崢嶸，客子中夜發。霜嚴衣帶斷，指直不得結。凌晨過驪山，御榻在嵽嵲。蚩尤塞寒空，蹴踏崖谷滑。瑤池氣鬱律，羽林相摩戛。君臣留歡娛，樂動殷樛葛。賜浴皆長纓，與宴非短褐。彤庭所分帛，本自寒女出。鞭撻其夫家，聚斂貢城闕。聖人筐篚恩，實欲邦國活。臣如忽至理，君豈棄此物？多士盈朝廷，仁者宜戰慄。況聞內金盤，盡在衛霍室。中堂舞神仙，烟霧蒙玉質。煖客貂鼠裘，悲管逐淸瑟。勸客駝蹄羹，霜橙壓香橘。朱門酒肉臭，路有凍死骨。榮枯咫尺異，惆悵難再述。北轅就涇渭，官渡又改轍。羣冰從西下，極目高崒兀。疑是崆峒來，恐觸天柱折。河梁幸未坼，枝撐聲窸窣。行旅相攀援，川廣不可越。老妻寄異縣，十口隔風雪。誰能久不顧？庶往共飢渴。入門聞號咷，幼子飢已卒。吾寧舍一哀？里巷亦嗚咽。所媿爲人父，無食致夭折！豈知秋未登，貧窶有倉卒？生常免租稅，名不隸征伐。撫迹猶酸辛，平人固騷屑。默思失業徒，因念遠戍卒。憂端齊終南，澒洞不可掇！

甫詩有云：「讀書破萬卷，下筆如有神；」（贈韋左司）又云：「詞源倒流三峽水，筆陣橫掃千人軍」（醉歌行）不啻自道其歌行之體格。至入蜀以後，生活較爲安定，又稍轉變作風；與之所至，不惜破壞律體，自創音節；開宋金諸賢無數法門。例如九日：

去年登高郪縣北，今日重在涪江濱。苦遭白髮不相放，羞見黃花無數新。世亂鬱鬱久爲客，路難悠悠常傍人。酒闌卻憶十年事，腸斷驪山清路塵。

與沈宋律詩格調絕不相同，此足見甫之富於解放精神也。其絕句信口衝出，啼笑雅俗，皆中音律；（王世貞說）而絕去尋常畦町。其憤慨之作，有如三絕句之一：

殿前兵馬雖驍雄，縱暴略與羌渾同。聞道殺人漢水上，婦女多在官軍中！

詼諧之作，有如絕句漫與九首之一：

隔戶楊柳弱嫋嫋，恰似十五女兒腰。誰謂朝來不作意？狂風挽斷最長條。

在盛唐絕句中，未見第二人如此作法者，又足見甫之富於創作精神也。

總之甫於詩歌，從多方面發展，又無體不別出新意。天寶之亂，成就此偉大詩人，實詩歌史上之無上光榮矣。

第十一章　唐音之劇變

唐詩自李杜而還，能獨闢蹊徑，卓然自成一宗，而影響北宋諸家最大者，厥惟韓愈；（字退之，南陽人。）而唐音之變，亦自愈始。

愈生安史亂定之後，以古文相號召，主張「文必己出」；論詩崇李杜，而又不欲與之同風。其服膺李杜，有「想當施手時，巨刃摩天揚，垠崖劃崩豁，乾坤擺雷硠」（調張籍）之語。其爲詩則主「橫空盤硬語，妥帖力排奡」（薦士詩）其運用之方，則喜以單行之筆，盡掃浮豔駢偶，務以豪放痛快，險峭通達取勝。又自知其才力，視李杜微弱，往往長篇一韻到底，又故押險韻以避熟就生；暢所欲言，而不免失之好盡。雖自創特殊之音節，要不及盛唐諸公之鏗鏘悅耳。沈括謂：「韓退之詩，乃押韻之文耳；雖健美富贍，而格不近詩。」（苕溪漁隱叢話引）陳師道亦有「韓以文爲詩，故不工」（后山詩話）之論。然其音節意境，皆戛戛獨造，一洗軟媚庸濫之習；洵唐音之劇變，亦詩歌中之疏鑿手也。例如山石：

山石犖确行徑微，黃昏到寺蝙蝠飛。升堂坐階新雨足，芭蕉葉大梔子肥。僧言古壁佛畫好，以火來照所見稀。鋪牀拂席置羹飯，疎糲亦足飽我飢。夜深靜臥百蟲絕，清月出嶺光入扉。天明獨去無道路，出入高下窮烟霏。山紅澗碧紛爛漫，時見松櫪皆十圍。當流赤足蹋澗石，水聲激激風吹衣。人生如此自可樂，豈必局促為人鞿？嗟哉吾黨二三子，安得至老不更歸？

大踏步而來，全無忸怩之態；此元好問所謂「江山萬古潮陽筆，合臥元龍百尺樓」（論詩絕句）者也。

自韓愈言詩，首倡雄怪，一時詼詭險僻之詞競作，而詩體遂發生重大變化。孟郊（字東野、湖州武康人）盧仝、（范陽人。）皆與愈友善，而為愈所推挹，並務鎚幽鑿險，與愈異軌同奔者也。

郊耽吟成癖，嘗有「夜吟曉未休，苦吟神鬼愁，如何不自閑，心與身為讎」（夜感自遣）之句；思苦奇澀，而造語至新闢。愈嘗贊之曰：「東野動驚俗，天葩吐奇芬。」（醉贈張秘書）例如秋懷：

竹風相戛語，幽閨暗中聞。鬼神滿衰聽，恍惚難自分。商葉隨乾雨，秋衣臥單雲。病骨可剸物，酸呻亦成文。瘦攢如此枯，壯落隨西曛。裊裊一線命，徒言繫絪縕。

擣盡陳言，特工苦語。蘇軾論其詩云：「詩從肺腑出，出輒愁肺腑。」（讀孟郊詩）東野詩格，此十字足以盡之。世以「韓孟」並稱，則又軾所謂：「要當鬬僧清，未足當韓豪」；東野之深，固不及昌黎之大也。

仝自號玉川子，以怪僻驚衆，有月蝕，與馬異結交諸詩，尤爲怪誕。在律體盛行之際，有此詼詭之筆，一洗膚庸濫套，固自可喜。然其高出時人處，仍在切近人情之作，語雜嘲戲，令人啼笑皆非。如走筆謝孟諫議寄新茶、示添丁諸篇，最堪把玩。其示添丁云：

春風苦不仁，呼逐馬蹄行人家。慚愧瘴氣卻憐我，入我憔悴骨中爲生涯。數日不食強強行，何忍索我抱看滿樹花？不知四體正困憊，泥人啼哭聲呀呀。忽來案上翻墨汁，塗抹詩書如老鴉。父憐母惜摑不得，卻生癡笑令人嗟。宿舂連曉不成米，日高始進一椀茶。氣力龍鍾頭欲白，憑仗添丁莫惱爺。

語意之新警，略近東野；特孟主嚴肅，盧饒詼諧風趣，兩人襟抱各自不同爾。

孟郊盧仝之外，辭尚奇詭，而爲韓愈所稱道者，有李賀。（字長吉，系出鄭王後。）賀所得皆驚邁，絕去翰墨畦逕，當時無能效者。樂府數十篇，雲韶諸工，皆合之絃管。（唐書文藝傳）杜牧序其詩集，以爲「鯨呿鰲擲，牛鬼蛇神，不足爲其虛荒誕幻；」則亦與仝殊塗同歸者也。賀詩以險麗著，然鎚鍊之極，精光爛然。例如雁門太守行：

> 黑雲壓城城欲摧，甲光向日金鱗開。角聲滿天秋色裏，塞上臙脂凝夜紫。半捲紅旗臨易水，霜重鼓寒聲不起。報君黃金臺上意，提攜玉龍爲君死。

眞不愧爲「嘔心」之作。惜其年止二十七，不獲益宏造就耳！

以上三家，雖戶庭各闢，而究其歸趣，則皆韓愈「文必己出」一語，有以發之。故謂唐音之劇變，由於韓氏一人倡導之力可也。此系作者，尚有劉乂、劉言史、（字棗強）賈島（字浪仙，范陽人。）之屬。島詩苦澀之趣，與孟郊略同，故有「郊寒島瘦」之稱；又與乂同爲韓門弟子。乂以冰柱詩得名，奇恣與盧仝爲近。言史詩「美麗恢贍，自賀外世莫得比」（皮日休劉棗強碑文）孟郊嘗有詩哭之云：「精異劉言史，詩腸傾珠河，」可想見其風格。然此諸家，影響皆不及韓、孟、盧、賀之大，故不暇詳述云。

第十二章　新樂府之發展

新樂府多關於社會問題之作，將以「補察時政，洩導人情。」（白居易與元九書）郭茂倩云：「新樂府者，皆唐世之新歌也。以其辭實樂府，而未嘗被於聲，故曰新樂府也。」（樂府詩集）

自杜甫有「朱門酒肉臭，路有凍死骨」（奉先詠懷）之詩，而社會問題，始引起詩人之注意。同時元結（字次山，河南人。）作春陵行、賊退示官吏等篇，關心民瘼；杜甫引爲同調，謂「不意復見比興體制，微婉頓挫之詞」（同元使君春陵行序）結以爲民生之凋敝，在於官吏之不恤民隱；故其詩云：「使臣將王命，豈不如賊焉？今彼徵斂者，迫之如火煎。誰能絕人命，以作時世賢？」（賊退示官吏）當時百姓對於官吏之畏懼心理，亦於其詩中充分表出。其喻瀼西鄉舊遊云：「往年在瀼濱，瀼人皆忘情。今來遊瀼鄉，瀼人見我驚。我心與瀼人，豈有辱與榮？瀼人異其心，應爲我冠纓。」可以窺見其時社會景況。而官吏魚肉百姓之故，則在「近年更長吏，數月未爲速。」（喻常吾直）詩人之注意社會問題，而表現於詩歌，蓋以元杜二家爲最早。結又作閔荒詩，假隋人寃歌，以寓規諷之義。又有系樂府十二首，並託興風人，爲元白新樂府之先聲。當天寶亂事未起之先，社會已呈崩潰之象，結詩所表現，眞不媿爲有「時代精神」者矣。

天寶亂後，社會復歸小康；大曆（代宗）長慶（穆宗）間，藩鎭跋扈，演成割據之局。人民困於官吏之誅求，政府不思救濟，於是社會形成兩大階級，而民生日趨凋敝。詩人惻然不忍，乃起而從事於新樂府運動，以代抒寃抑；張籍（字文昌，和州烏江人。）王建（字仲初，潁川人。）其尤著者也。籍與韓愈、孟郊、元稹、白居易，並有往還，與愈交誼尤篤，而作風自異。居易稱其詩云：「風雅比興外，未嘗著空文。……上可裨教化，舒之濟萬民。」（讀張籍古樂府）居易於韓孟詩，不稍稱說，獨對籍服膺如是，其意固以杜甫、元結而後，「但歌生民病」者，惟籍爲然也。籍詩有反對資本主義者，如山農詞、賈客樂等篇是；有反抗統治階級者，如廢宅行是；有討論婦女問題者，如妾薄命、離婦等篇是。（參考胡適白話文學史）玆舉廢宅行一篇以示例：

胡馬崩騰滿阡陌，都人避亂唯空宅。宅邊青桑垂宛宛，野蠶食葉還成繭。黃雀銜草入燕窠，嘖嘖啾啾白日晚。去時禾黍埋地中，飢兵掘土翻重重。鴟鴞養子庭樹上，曲牆空屋多旋風。——

亂後幾人還本土？惟有官家重作主！

建與籍厚善，其送籍歸江東詩云：「君詩發大雅，正氣回我腸。」又云：「出處兩相依，如彼衣與裳。」二人作風，亦正相似。建所爲樂府，多爲農工代抱不平，而致慨乎社會制度之不良，思有以改革之。集中有寫男工之痛苦者，如水夫謠、水運行等篇；是有寫女工之痛苦者，如簇蠶辭、當窗織、織錦曲等篇。其尤動人者，如簇蠶辭之末段：

三日開箔雪團團，先將新繭送縣官。已聞鄉里催織作，去與誰人身上著？

當窗織之末段：

草蟲促促機下啼，兩日催成一疋半。輸官上頭有零落，姑未得衣身不著！當窗卻羨青樓倡，十指不動衣盈箱！

此等詩並富社會主義色彩，所謂「爲事而作，爲人而作」，與元白同其旨歸者也。

與張王先後作新樂府者，尚有顧況。（字逋翁，海鹽人。）況欲以古詩三百篇之體製爲新樂府，有補亡訓傳十三章；其囝一章，序云：「哀閩也。」（囝音蹇，閩俗呼子爲囝，父爲郎罷。）其末段云：

郎罷別囝：「吾悔生汝，及汝既生，人勸不舉。不從人言，果獲是苦，」囝別郎罷，心摧血下：「隔地絕天，及至黃泉，不得在郎罷前！」

胡適以爲充滿嘗試精神，（白話文學史）其風格則與古樂府孤兒行相近者也。

孟郊以窮愁詩人，間作新樂府，如織婦辭中之「如何織紈素，自著藍縷衣！」極似張王風格。其寒地百姓吟：

無火炙地眠，半夜皆立號。冷箭何處來？棘針風騷騷。霜吹破四壁，苦痛不可逃。高堂搥鐘飲，到曉聞烹炮。寒者願爲蛾，燒死彼華膏。華膏隔仙羅，虛繞千萬遭，到頭落地死，踏地爲遊遨。遊遨者是誰？君子爲鬱陶。

上承杜甫，下開元白，描寫之刻摯，視諸家似有過之。惜郊未能放大眼光，專從此方發展，致有「詩囚」（元好問說）之目，轉令張王獨作社會詩人耳！

第十三章　新樂府之極盛

新樂府之發展，至元稹、（字微之，河南河內人。）白居易（字樂天，其先太原人，後徙下邽。）而臻極盛。且標揭旗幟，大事宣傳；一反韓派詩人之作風，避艱深而就平實，使詩歌復趨於「社會民衆化」。斯固上承元、杜、張、王之系統，更從而擴大之者也。

白氏對於此事之主張，謂：「文章合爲時而著，詩歌合爲事而作，」（與元九書）又曰：「感人心者，莫先乎情，莫始乎言，莫切乎聲，莫深乎義。……音有韻，義有類，韻協則言順，言順則聲易入；類舉則情見，情見則感易交。」（同上）知聲音之道感人深，故欲利用詩歌以改良社會；而又明定義例，以求收效之宏；故其言曰：「其辭質而徑，欲見之者易喻也；其言直而切，欲聞之者深誡也；其事覈而實，使采之者傳信也；其體順而肆，可以播於樂章歌曲也。」（新樂府序）其詩側重寫實而以通俗爲主，故有「老嫗皆解」之稱。其流傳之廣，則元稹所稱：「二十年間，禁省觀寺郵候牆壁之上無不書，王公妾婦牛童馬走之口無不道；」（長慶集序）其能深入人心坎，而引起共鳴，蓋自有詩人以來，無出其右者。

稹與居易交誼最深，鼓吹作新樂府亦最力；而其動機則在目擊當時社會情況，藩鎮割據，擅作威福，思欲發之。（詳見敍詩寄樂天書）又受杜甫歌行之影響，謂「予少時與友人白樂天、李公垂輩，謂是爲當，遂不復擬賦古題。」（樂府古題序）以二人之鼓吹，而詩格爲之大變，所謂：「嘲風雪，弄花草」之作，漸爲社會所唾棄；詩歌與社會人生，始發生密切之關係。元白眞詩壇之「廣大教化主」已！

元白新樂府之重要作品，稹有和李校書新題樂府十二首，居易有秦中吟十首，新樂府五十篇；皆「不虛爲文」，詞主切直而居易影響爲尤大。其最動人者，如秦中吟第二首之「奪我身上暖，買爾眼前恩」；第十首之「一叢深色花，十戶中人賦」；並辭情激烈，富於時代精神。至其新樂府中，尤多「膾炙人口」之作。迻錄二篇如下：

賣炭翁　苦宮市也。

賣炭翁，伐薪燒炭南山中。滿面塵灰烟火色，兩鬢蒼蒼十指黑。賣炭得錢何所營？身上衣裳口中食。可憐身上衣正單，心憂炭賤願天寒。夜來城上一尺雪，曉駕炭車輾冰轍。牛困人饑日已高，市南門外泥中歇。翩翩兩騎來是誰？黃衣使者白衫兒。手把文書口稱敕，迴車叱牛牽向北。一車炭重千餘斤，官使驅將惜不得！半匹紅紗一丈綾，繫向牛頭充炭直。

上陽白髮人　愍怨曠也。

上陽人，紅顏闇老白髮新，綠衣監使守宮門，一閉上陽多少春？玄宗末歲初選入，入時十六今六十。同時采擇百餘人，零落年深殘此身。憶昔吞悲別親族，扶入車中不教哭。皆云入內便承恩，臉似芙蓉胸似玉。未容君王得見面，已被楊妃遙側目。妒令潛配上陽宮，一生遂向空房宿。宿空房，秋夜長，夜長無寐天不明。耿耿殘燈背壁影，蕭蕭暗雨打窗聲。春日遲，日遲獨坐天難暮。宮鶯百囀愁厭聞，梁燕雙棲老休妒。鶯歸燕去長悄然，春往秋來不記年。唯向深宮望明月，東西四五百迴圓。今日宮中年最老，大家遙賜尚書號。小頭鞋履窄衣裳，青黛點眉眉細長。外人不見見應笑，天寶末年時世妝。上陽人，苦最多！少亦苦，老亦苦，少苦老苦兩如何？君不見昔時呂向美人賦？又不見今日上陽白髮歌？

稹作新題樂府，雖不及居易之富而諷刺時政，極見苦心。兩人同聲，各以此獲罪，同遭貶謫。唐詩之有「元白」，爲平民代鳴冤抑不平之氣，眞不媿爲「社會詩人」矣！錄元氏織婦詞：

織婦何太忙！蠶經三臥行欲老。蠶神女聖早成絲，今年絲稅抽徵早。早徵非是官人惡，去歲官家事戎索。征人戰苦束刀瘡，主將勳高換羅幕。繅絲織帛猶努力，變緝撩機苦難織。東家頭白雙女兒，爲解挑紋嫁不得。（余掾荆時，目擊貢綾戶有終老不嫁之女。）檐前嫋嫋游絲上，上有蜘蛛巧來往。羨他蟲豸解緣天，能向虛空織羅網。

稹於穆宗時，官至宰相；年五十三，卒於武昌。居易克享大年，晚年轉變作風，務爲「閒適」；雖造詣益進，而影響不及所爲新樂府之深。其七言律詩，不用故實，而自然工妙。後與劉禹錫有「劉白」之稱，即多以此體相唱和云。

元白除新樂府外，其影響後來最大者，厥惟七言歌行。其所謂「長慶體」，音節諧和，鋪敍宛轉，最宜於歌詠時事之作；所以後人仿效者，直至近代而猶未全衰也。錄元氏連昌宮詞一首：

連昌宮中滿宮竹，歲久無人森似束。又有牆頭千葉桃，風動落花紅蔌蔌。宮邊老翁爲余泣：
「小年進食曾因入。上皇正在望仙樓，太眞同凭闌干立。樓上樓前盡珠翠，炫轉熒煌照天地。
歸來如夢復如癡，何暇備言宮裏事？初過寒食一百六，店舍無烟宮樹綠。夜半月高弦索鳴，賀
老琵琶定場屋。力士傳呼覓念奴，念奴潛伴諸郎宿。須臾覓得又連催，特敕街中許然燭。春嬌
滿眼睡紅綃，掠削雲鬟旋裝束。飛上九天歌一聲，二十五郎吹管逐。逡巡大徧涼州徹，色色龜
茲轟錄續。李謩擪笛傍宮牆，偷得新翻數般曲。平明大駕發行宮，萬人歌舞塗路中。百官隊仗
避岐薛，楊氏諸姨車鬭風。明年十月東都破，御路猶存祿山過。驅令供頓不敢藏，萬姓無聲淚
潛墮。兩京定後六七年，卻尋家舍行宮前。莊園燒盡有枯井，行宮門閉樹宛然。爾後相傳六皇
帝，不到離宮門久閉。往來年少說長安，玄武樓成花萼廢。去年敕使因斫竹，偶値門開暫相逐。
荊榛櫛比塞池塘，狐兔驕癡緣樹木。舞榭欹傾基尙存，文窗窈窕紗猶綠。塵埋粉壁舊花鈿，烏
啄風箏碎珠玉。上皇偏愛臨砌花，依然御榻臨階斜。蛇出燕巢盤鬭拱，菌生香案正當衙。寢殿
相連端正樓，太眞梳洗樓上頭。晨光未出簾影黑，至今反挂珊瑚鉤。指似傍人因慟哭，卻出宮

門淚相續。自從此後還閉門，夜夜狐狸上門屋。」我聞此語心骨悲，太平誰致亂者誰？翁言「野父何分別，耳聞眼見爲君說。姚崇宋璟作相公，勸諫上皇言語切。燮理陰陽禾黍豐，調和中外無兵戎。長官清平太守好，揀選皆言由相公。開元之末姚宋死，朝廷漸漸由妃子。祿山宮裏養作兒，虢國門前鬧如市。弄權宰相不記名，依稀憶得楊與李。廟謨顛倒四海搖，五十年來作瘡痏。今皇神聖丞相明，詔書纔下吳蜀平。官軍又取淮西賊，此賊亦除天下寧。年年耕種宮前道，今年不遣子孫耕。」老翁此意深望幸，努力廟謨休用兵。

第十四章　律詩之極盛

自大曆以迄長慶，六七十年間，有意別闢戶庭之詩家，約可分爲平易與奇險二派。韓愈爲後一派代表，孟郊、盧仝、李賀之屬輔之；由張籍、王建，以下逮元稹、白居易，則屬於前一派；分庭抗禮，並見創造精神。此外作者亦多，而創格稀見；性靈陶寫，多以律詩；絕句亦甚盛行，故當補述。

唐詩紀事以盧綸、（字允言，河中蒲人。）錢起、（吳興人。）郎士元、（字君冑，中山人。）司空曙、（字文初，廣平人。）李端、（字正己，趙郡人。）李益、（字君虞，姑臧人。）苗發、（晉卿子。）皇甫曾、（字孝常，丹陽人。）耿湋、（字洪源，河東人。）李嘉祐，（字從一，趙州人。）爲大曆十才子。唐書文藝傳有吉中孚、（鄱陽人。）韓翃、（字君平，南陽人。）崔峒、夏侯審，而無郎士元、皇甫曾、李益、李嘉祐。要之諸人在當日詩壇，皆有所自樹，且多以律絕擅長者也。

錢郎最工律詩，故當時有「前有沈宋，後有錢郎」之說。李益在貞元末，與李賀齊名；每一篇成，樂工爭以賂求取之，被聲歌供奉天子。（碧雞漫志）王世貞云：「絕句李益為勝，韓翃次之。」（藝苑卮言）張實居論七律云：「天寶以還，錢劉並鳴；中唐作者尤多，韋應物、皇甫伯仲（冉、曾）以及大曆十子，接跡而起，敷詞益工，而氣或不逮。元和以後，律體屢變；其造意幽深，律切精密，有出常情之外；雖不足鳴大雅之林，亦可謂一倡三歎」（師友詩傳錄）然則雖謂自大曆以來，為律詩之極盛時代可也。

十子之外，劉長卿（字文房，河間人。）以律詩負盛名，有「五言長城」之自負語；七律影響亦大。秦系（字公緒，會稽人。）與長卿善，詩亦功力悉敵。又有釋皎然、（姓謝氏，長城人。）嚴維（字正文，山陰人。）之流，作家蓋多不勝舉矣。錄諸家代表作各一首：

送耿拾遺歸上都　　劉長卿

若為天畔獨歸秦，對水看山欲暮春。窮海別離無限路，隔河征戰幾歸人？長安萬里傳雙淚，建德千峯寄一身。想到郵亭愁駐馬，不堪西望見風塵！

山中酬楊補闕見訪　　錢起

日暖風恬種藥時，紅泉翠壁薜蘿垂。幽溪鹿過苔還靜，深樹雲來鳥不知。青瑣同心多逸興，春山載酒遠相隨。郤慙身外牽纓冕，未信尊前倒接䍦。

春思　　皇甫曾

鶯啼燕語報新年，馬邑龍堆路幾千？家住層城鄰漢苑，心隨明月到胡天。機中錦字論長恨，樓上花枝笑獨眠。爲問元戎竇車騎，何時返旆勒燕然？

贈錢起秋夜宿靈臺寺見寄　　郎士元

石林精舍武溪東，夜扣禪扉謁遠公。月在上方諸品靜，心持半偈萬緣空。蒼苔古道行應徧，落木寒泉聽不窮。更憶雙峯最高頂，此心期與故人同。

至德中途中書事郤寄李僴　　盧綸

亂離無處不傷情，況復看碑對古城？路遶寒山人獨去，月臨秋水雁空驚。顏衰重喜歸鄉國，身賤多慙問姓名。今日主人還共醉，應憐世故一儒生。

在律詩盛行之際，有韋應物、（京兆長安人。）柳宗元，（字子厚，河東人。）紹述王儲，上規陶謝。

錢集謂：「韋公古澹勝於右丞，故於陶爲獨近。」（硯傭說詩）應物又兼擅歌行，爲白居易所推服。居易嘗云：「近歲韋蘇州歌行，才麗之外，頗近興諷。其五言詩又高雅閒澹，自成一家之體。今之秉筆者，誰能及之？」（與元九書）其歌行如鳶奪巢：

野鵲野鵲巢林梢，鴟鳶恃力奪鵲巢。吞鵲之肝啄鵲腦，竊食偷居常自保。鳳凰五色百鳥尊，知鳶爲害何不言？霜鸇野鶻得殘肉，同啄羶腥不肯逐。可憐百鳥生縱橫，雖有深林何處宿！

則亦與白氏新樂府同其旨歸者也。宗元詩刻意學謝，代表作如南磵中題：

秋氣集南澗，獨游亭午時。迴風一蕭瑟，林影久參差。始至若有得，稍深遂忘疲。羇禽響幽谷，寒藻舞淪漪。去國魂已遠，懷人淚空垂。孤生易爲感，失路少所宜。索寞竟何事？徘徊祇自知。誰爲後來者，當與此心期。

蘇軾以爲「憂中有樂，妙絕古今。」蓋由盤鬱之久，一時觸發，又非大謝之所能籠罩矣。

大曆後詩，宗元之外，有劉禹錫。（字夢得，彭城人。）論者以爲高於劉長卿。（說詩晬語）禹錫晚年，多與白居易唱和，時號「劉白」。其詩諷託幽遠，又極注意民歌。旣以王叔文黨，坐貶朗州司馬。

蠻俗好巫嘗依騷人之旨，倚其聲作竹枝詞十餘篇，武陵谿洞間悉歌之。（全唐詩小傳）居易相繼有作，遂開後來倚聲塡詞之風焉。爲錄竹枝二首如下：

山桃紅花滿上頭，蜀江春水拍山流。花紅易散似郎意，水流無限似儂愁。

瞿唐嘈嘈十二灘，此中道路古來難。長恨人心不如水，等閒平地起波瀾！

原律詩之爲體，最宜競巧，一句一字之間，雕鏤風雲，塗飾花草。唐人酬應之作，以此爲多；而韋柳於韓白二派之外，獨尚古體；禹錫又復注意民歌，以一變近體律絕之風格；亦研究唐代詩歌史者所不容忽也。

第十五章　晚唐詩

陸游云：「詩至晚唐，氣格卑靡。」（花間集跋）高棅則稱：「開成（文宗）以後，則有杜牧之之豪縱，溫飛卿之綺靡，李義山之隱僻，許用晦之偶對。他若劉滄、馬戴、李羣玉、李頻等，尙能黽勉氣格，埒邁時流；此晚唐變態之極，而遺風餘韻，猶有存者焉。」（唐詩品彙序）晚唐人詩，惟工律絕二體；不流於靡弱，卽多悽厲之音，亦時代爲之也。

杜牧（字牧之，京兆萬年人。）與李商隱（字義山，懷州河內人。）齊名，世稱「小李杜。」牧詩情致豪邁；商隱則能學老杜而得其藩籬，（蔡寬夫詩話引王安石語）爲宋初「西崑體」之祖。牧論詩崇李杜而薄元白，以張好好、杜秋娘諸詩，著稱當世，而特長仍在近體律絕。其絕句如赤壁：

折戟沈沙鐵未銷，自將磨洗認前朝。東風不與周郎便，銅雀春深鎖二喬。

深得微婉不迫之趣。王世懋謂：「晚唐七言絕句，膾炙人口，其妙至欲勝盛唐；」（藝圃擷餘）牧與商隱，尤其傑出者也。商隱律詩尤典麗，喜作無題，有確有寄託者，有戲爲豔體者，有實屬狎邪者，（詳四庫提要）而注家每穿鑿求之，轉多乖失。例如錦瑟：

錦瑟無端五十絃，一絃一柱思華年。莊生曉夢迷蝴蝶，望帝春心託杜鵑。滄海月明珠有淚，藍田日暖玉生煙。此情可待成追憶，只是當時已惘然！

惝恍迷離，讀之令人如墮五里霧中，但覺纏綿悱惻，蕩志移情，正亦不須求甚解也。

溫庭筠（本名岐，字飛卿，太原人。）又與商隱齊名，號稱「溫李」。喜作側豔小詞，其詩亦多綺羅薌澤之態，風格視商隱爲低；然三家皆唐詩之後勁也。

此外詩名之較著者，有鄭谷、（字守愚，袁州人。）張祜、（字承吉、淸河人。）朱慶餘、（名可久，越州人。）許渾、（字用晦，丹陽人。）趙嘏、（字承祐，山陽人。）盧肇、（字子發，袁州人。）項斯、（字子遷，江東人。）馬戴、（字虞臣。）薛能、（字太拙，汾州人。）李羣玉、（字文山，澧州人。）劉滄、（字蘊靈，魯人。）皮日休、（字襲美，襄陽人。）陸龜蒙、（字魯望，蘇州人。）司空圖、（字表聖，河中虞鄉人。）曹唐、（字堯賓，桂州人。）李咸用、方干、（字雄飛，新定人。）羅隱、（字昭諫，餘杭人。）唐彥謙、（字茂業，幷州人。）吳融（字子華，山陰人。）之流，或師張籍，或師姚合，（陝州硤石人。）或受溫李之薰陶；其間皮陸並稱，方干尤長律體，正亦未容偏廢者也。

五代之亂，詩人轉徙流離，韓偓（字致堯，京兆萬年人。）入閩，韋莊（字端己，杜陵人。）入蜀，並能開一方之風氣，而卓然名家。莊以秦婦吟一詩負盛名，沈埋千載，近年始於敦煌石室發現流傳。居蜀所作小詞，爲詞壇「開山作祖」，視其詩成就尤大，容別詳於下編中。偓善香歛，自成一格。他作亦淒豔入骨，純爲亡國哀思之音。例如惜花：

皺白離情高處切，膩紅愁態靜中深。眼隨片片沿流去，恨滿枝枝被雨淋。總得苦遮猶慰意，若教泥汚更傷心。臨軒一琖悲春酒，明日池塘是綠陰。

感愴纏綿，視溫庭筠爲饒氣骨矣。

第十六章　西崑體及其反動

宋初詩多效晚唐，氣格卑靡。至「楊億（字大年、建州浦城人。）在兩禁，變文章之體；劉筠、（字之儀，大名人、）錢惟演（字希聖吳越王錢俶子。）輩從而效之，以新詩更相屬和；億後編敍之，題曰西崑酬唱集。」（田況儒林公議）作者十七人，以李商隱爲宗，詩皆近體，競崇典麗，「詞取妍華，而不乏興象」；（四庫提要）其弊則在「多用故事，至於語僻難曉。」（六一詩話）例如億作漢武：

蓬萊銀闕浪漫漫，弱水回風欲到難。光照竹宮勞夜拜，露漙金掌費朝飧。力窮青海求龍種，死諱文成食馬肝。待詔先生齒編貝，那教索米向長安？

每句皆用典實，索解已難。諸人又多爲詠物之詩；石介至作怪說以刺之，謂：「楊億窮妍極態，綴風月，弄花草，淫巧侈麗，浮華纂組，」皆切中其病。後進彌以馳逐，致有「優伶撏撦」之譏，宜其引起詩壇之反動也。

西崑勢盛之際，已有徐鉉、（字鼎臣，會稽人。）王禹偁（字元之，濟州鉅野人。）等，由元和以上規李杜，稍崇風骨。歐陽修、（字永叔，江西廬陵人。）蘇舜欽、（字子美，其先梓州桐山人，家開封。）梅堯臣、（字聖俞，宣州宣城人。）承流接響，相率爲革新運動；而修以位高望重，實爲總持。葉夢得云：「歐陽文忠公詩，始矯崑體，專以氣格爲主，故其言多平易疏暢。」（石林詩話）修於同時詩人，特推蘇梅二家，揄揚不遺餘力；而二人者皆落拓不偶，窮而工詩。修嘗言：「聖俞子美齊名於一時，而二家詩體特異；子美筆力豪雋，以超邁橫絕爲奇；聖俞覃思精微，以深遠閑淡爲意。」（六一詩話）然修與二氏，「盡變崑體，獨倡生新，必辭盡於言，言盡於意，發揮鋪寫，曲折層累以赴之，竭盡乃止」（葉燮原詩）則固受韓愈「以文爲詩」之影響，而所謂「宋詩」之特殊面目，亦至此始豁然呈露矣。茲錄蘇梅詩各一首以示例：

獵狐篇：　蘇舜欽

老狐宅城隅，涵養體豐大。不知窟穴處，草木但掩藹。秋食承露禾，夏飲灌園派。暮夜出旁舍，雞畜遭橫害。晚登埤堄塢，呼吸召百怪。或爲嬰兒啼，或變豔婦態。不知幾十年，出處頗安泰。古語比社鼠，蓋亦有恃賴。邑中年少兒，耽獵若沈瘵。遠郊盡雉兔，近水殲鱗介。養犬號青鶻，逐獸馳不再。勇聞此老狐，取必將自快。縱犬索幽邃，張人作墻界。茲時頗窘急，迸出赤電駭。羣小助嘷嗥，奔馳數顛沛。所向不能入，有類狼失狽。鉤牙咋巨額，髓血相濆沫。喘叫遂死矣，爭觀若期會。何暇正首丘，腥臊滿蓬艾。數穴相穿通，城堞幾隳壞。久此縱凶妖，一旦果禍敗。皮爲榻上藉，肉作盤中膾。觀此爲之吟，書以爲警戒。

書哀：　　梅堯臣

天既喪我妻，又復喪我子。兩眼雖未枯，片心將欲死。雨落入地中，珠沈入海底。赴海可見珠，掘地可見水。唯人歸泉下，萬古知已矣！拊膺當問誰？憔悴鑑中鬼。

第十七章　元祐體與江西宗派

宋詩至熙寧、（神宗）元祐（哲宗）間而臻極盛。嚴羽滄浪詩話，始標「元祐體」之目，而以蘇、（軾）黃、（庭堅）陳（師道）諸公當之。然此期詩家成就之最大者，前則蘇軾、（字子瞻，一字和仲，自號東坡居士，眉山人。）王安石，（字介甫，號半山，撫州臨川人。）後、則陳師道（字無己，一字履常，彭城人。）黃庭堅；（字魯直，自號山谷道人，洪州分寧人。）而嚴氏獨遺安石，殆以政治關係歟？

軾與安石同受知於歐陽修，軾尤為修所愛。修固崇尚韓愈者；軾承其後，益以雄邁超絕之天才，闊視橫行，更從而恢張擴大之。劉克莊云：「坡詩略如昌黎，有汗漫者，有典嚴者，有麗縟者，有簡淡者，翕張開闔，千變萬態，蓋自以其氣魄力量為之。」（後村詩話）清人趙翼亦稱：「以文為詩，自昌黎；至東坡益大放厥辭，別開生面。天生一枝健筆，有必達之隱，無難顯之情。」（甌北詩話）軾誠宋代詩壇之柱石也！軾詩以七言古體，最擅勝場。例如泗州僧伽塔：

我昔南行舟繫汴，逆風三日沙吹面。舟人共勸禱靈塔，香火未收旗脚轉。回頭頃刻失長橋，卻到龜山未朝飯。至人無心何厚薄？我自懷私欣所便。耕田欲雨刈欲晴，去得順風來者怨。若使人人禱輒遂，造物應須日千變。我今身世兩悠悠，去無所逐來無戀。得行固願留不惡，每到有求神亦倦。退之舊云三百尺，澄觀所營今已換！不嫌俗士汚丹梯，一看雲山遶淮甸。

安石「少以意氣自許，故詩語惟其所向，不復更爲含蓄。後爲羣牧判官，從宋次道盡假唐人詩集，博觀而約取，晚年乃盡深婉不迫之趣。」（石林詩話）其長篇古體，立意翻新，如明妃曲之「意態由來畫不成，當時枉殺毛延壽。」又云：「家人萬里傳消息，好在氈城莫相憶！君不見咫尺長門閉阿嬌，人生失意無南北！」多發議論，則亦受韓歐之影響，而與軾風格略同者也。葉夢得稱其「晚年詩律尤精嚴，造語用字，間不容髮。」（石林詩話）其最大成就，乃在七言絕詩。嚴羽云：「公絕句最高，其得意處，高出蘇、黃、陳之上。」（滄浪詩話）茲舉南浦一首爲例：

南浦東江二月時，物華撩我有新詩。含風鴨綠鱗鱗起，弄日鵝黃裊裊垂。

庭堅與秦觀（字少游，一字太虛，揚州高郵人。）張耒、（字文潛，淮陰人。）晁補之、（字无咎，鉅野人，）號「蘇門四學士」而庭堅詩最爲傑出。庭堅得詩法於其父庶；（字亞夫。）庶詩學杜、學韓；（參考後山詩話及四庫總目伐檀集提要）庭堅更從而加以發揮，以自創一種特殊音節，而特注意於句法之鍛鍊。例如登快閣：

癡兒了卻公家事，快閣東西倚晚晴。落木千山天遠大，澄江一道月分明。朱絃已爲佳人絕，青眼聊因美酒橫。萬里歸來弄長笛，此心吾與白鷗盟。

氣象闊大，聲韻鏗鏘，自出於杜律中之拗體，而加以變化者也。庭堅五七言古體，亦以生新瘦硬擅場，足醫浮滑庸濫之病。惟好奇過甚，末流不免險怪枯槁，面目可憎耳。

師道初學於曾鞏，（字子固，南豐人，）後見魯直詩，格律一變。魯直謂其詩深得老杜之法。（宋詩鈔）曾客蘇門，爲軾所稱。其人品極高，尤以苦吟著，其詩「雄健清勁，幽邃雅淡，有一塵不染之氣。」（后山集跋）最工五律，七律亦氣象崢嶸，與庭堅爲近。例如九日寄秦覯：

疾風回雨水明霞，沙步叢祠欲暮鴉。九日清尊欺白髮，十年爲客負黃花。登高懷遠心如在，向老逢辰意有加。淮海少年天下士，可能無地落烏紗？

自呂本中（字居仁，壽州人。）作江西詩社宗派圖，由黃庭堅以下，列陳師道、潘大臨、（字邠老，黃岡人。）謝逸、（字無逸，臨川人。）洪朋、（字龜父，豫章人，庭堅甥。）洪芻、（字駒父，朋弟。）饒節、（字德操，臨川人。）徐俯、（字師川，分寧人，庭堅甥。）韓駒、（字子蒼，蜀之仙井監人。）晁冲之（字叔用，鉅野人。）等，至本中二十五人；其人不盡籍江西，其詩亦不專一體。呂氏作圖，徒以黃爲江西人，特借以爲重耳。元好問嘗有「論詩寧下涪翁拜，未作江西社裏人」（論詩絕句）之語，則宗派之說，爲人詬病，蓋已久矣。

宋末方回撰瀛奎律髓，主江西派，又倡爲「一祖三宗」之說；一祖者杜甫，三宗者黃庭堅、陳師道、陳與義。（字去非，洛陽人。）此自成一系統，影響後來者甚深。「江西詩派」之名所以能垂諸久遠者，皆黃陳之力也。

第十八章　宋詩之轉變

世言宋詩，大抵以元祐諸賢爲矩則；其脫離唐詩面目，而自成體格者，亦極其致於蘇黃二家。南宋國勢衰微，人懷悲憤，激昂蹈厲之音作，而向之以才智、學問、議論爲詩，盡情馳騁者，其風稍殺矣。陳與義生於北宋末造，南渡後，避亂襄漢，轉湖湘，踰嶺嶠，而詩格大變。劉克莊稱：「元祐後，詩人迭起，不出蘇黃二體。及簡齋（與義別號）始以老杜爲師。建炎間，避地湖嶠，行萬里路，詩益奇壯，造次不忘憂愛。以簡嚴掃繁縟，以雄渾代尖巧，第其品格，當在諸家之上。」（後邨詩話）其詩如傷春：

廟堂無策可平戎，坐使甘泉照夕烽！初怪上都聞戰馬，豈知窮海看飛龍。孤臣白髮三千丈，每歲煙花一萬重。稍喜長沙向延閣，疲兵敢犯犬羊鋒。

又如牡丹：

一自邊塵入漢關，十年伊洛路漫漫。青墩溪畔龍鍾客，獨立東風看牡丹！

皆所謂「感時撫事，慷慨激越，寄託遙深，乃往往突過古人」（四庫提要）者也。

南宋偏安局定之後，詩人有尤袤、（字延之，無錫人。）楊萬里、（字廷秀，號誠齋，吉州吉水人。）范成大、（字致能，自號石湖居士，吳郡人。）陸游、（字務觀，號放翁，越州山陰人。）合稱「尤楊范陸」爲南宋四家；或有蕭德藻（字東夫，號千巖老人，）而無尤袤；然二人詩集皆不傳，所可稱述者，惟楊、范、陸三家耳。

游詩法傳自曾幾，（字吉甫，號茶山，贛縣人。）幾詩以杜甫、黃庭堅爲宗。趙庚夫題茶山集云：「咄咄逼人門弟子，劍南已見一燈傳；」（詩人玉屑）可想見陸詩淵源所自。陸詩邁絕時流，處卽在其憂國之壯烈抱負，充分表現於字裏行間；其富於愛國心，亦受幾之感化。嘗跋幾奏議稿云：「無三日不進見，見必聞憂國之言。」趙翼稱游「以一籌莫展之身，存一飯不忘之誼，舉凡邊關風景，敵國傳聞，悉入於詩。或大聲疾呼，或長言永歎，命意既有關係，出語自覺沈雄。」（甌北詩話）陸詩成就之驚人，蓋受多方面之影響；其歌行又往往與岑參相近。且居蜀日久，恆出入軍中，故其詩激壯悲涼，足以作懦夫之氣；近體律絕，皆充滿熱情，而七絕尤工。茲錄二首以示例：

綠沈金鏁少年狂，幾過秋風古戰場。夢裏渾忘閩嶠遠，萬人鼓吹入平涼。

建安遺興：

示兒：

老去元知萬事空，但悲不見九州同。王師北定中原日，家祭毋忘告乃翁！

成大在四家內官位最高。嘗充四州制置使，陸游入蜀，曾往依之。晚年退隱蘇州之石湖。詞人姜夔（字堯章，番陽人。）亦受禮遇。其詩初學李賀、王建，頗有關涉社會問題之作，如催租行、繰絲行、後催租行等篇是。其催租行之末段：

牀頭慳囊大如拳，撲破正有三百錢。不堪與君成一醉，聊復償君草鞋費。

足見當時官吏欺侮百姓情形。迨退隱石湖，始專爲田園詩，而自成風格。嘗作四時田園雜興六十首，描寫農村風味，頗能體貼入微。例如夏日田園雜興：

梅子金黃杏子肥，麥花雪白菜花稀。日長籬落無人過，惟有蜻蜓蛺蝶飛。

晝出耘田夜績麻，村莊兒女各當家。童孫未解供耕織，也傍桑陰學種瓜。

楊萬里嘗稱其詩云：「大篇決流，短章斂芒，縟而不釀，縮而不僒；淸新嫵麗，奄有鮑謝；奔逸儁偉，窮追太白」（石湖全集序）殆非溢美之辭也。

萬里立朝多大節，然特以詩名。方回稱其「一官一集，每集必變一格。」（瀛奎律髓）其自作荆溪集序云：「予之詩始學江西諸君子，旣又學後山（陳師道）五字律，旣又學半山老人七字絕句，晚乃學絕句於唐人。」又云：「於是辭謝唐人及王、陳、江西諸君子，皆不敢學，而後欣如也。」終乃「萬象畢來，獻予詩材，蓋麾之不去，前者未讎，而後者已迫，渙然未覺作詩之難也。」萬里經幾許訓練，乃欣然有得而一任自然，其成功仍以七絕爲最大；出語淺白，而摺疊赴之令人玩味無窮。例如夜坐：

繡簾無力護東風，燭影何曾正當紅。獸炭薰鑪猶道冷，梅花不易立霜中。

明發房溪：

山路婷婷小樹梅，爲誰零落爲誰開？多情也恨無人賞，故遣低枝拂面來。

萬里晚年，最喜稱道劉（禹錫）白（居易），宜其力求淺白而頗接近民歌也。

南宋詩人，除上述三家之外，能卓然自樹者，實不多覯。後起有「永嘉四靈」，其人爲徐照，（字道暉，一字靈暉。）徐璣，（字靈淵。）翁卷、（字靈舒。）趙師秀，（字紫芝，號靈秀。）皆永嘉人，工爲唐律，專以賈島、姚合爲法。四庫提要稱：「四靈之詩，雖鏤心鉥腎，刻意雕琢；而取徑太狹，終不免破碎尖酸之病；」（芳蘭軒集提要）其不足躋於諸大家之列可知。

江湖派繼「四靈」而起，其間作者，除姜夔、劉克莊，（字潛夫，莆田人。）戴復古、（字式之，天台黃巖人。）方岳（字巨山，號秋崖，新安祁門人。）四家外，類皆不足稱述。所謂「江湖派」者，以錢塘書肆陳起（字宗之）能詩，凡江湖詩人，俱與之善，刊江湖集以售，（瀛奎律髓）所錄凡六十二家；而姜夔、洪邁皆孝宗時人，不應與諸家並列。此派之不爲人重視，從可知矣。

第十九章　金元詩

金人崛興塞外，既定鼎燕京，進取汴梁，與宋成南北對峙之局。宋文士如宇文虛中、蔡松年、高士談、吳激輩，先後歸之，因挾蘇學北行，東坡詩遂盛行於金國，以啓一朝之盛。松年（字伯堅。）與激，（字彥高。）實導金詩之先河。既而蔡珪（字正甫，松年子。）黨懷英、（字世傑。）趙秉文、（字周臣，自號閑閑，滏陽人。）王寂、（字元老，蘇州玉田人。）王若虛、（字從之，藁城人。）李俊民（字用章，澤州人。）相繼出，以風雅相號召。除趙秉文以下四家，各有專集流傳外，金詩作品，並詳元好問所輯中州集中。金詩積百年之涵養，乃集大成於元好問；足與南宋陸游，角雙雄於壇坫，爲金詩生色不少矣。

好問（字裕之，太原定襄人。）七歲能詩，以箕山琴臺等詩，受知於趙秉文，秉文以爲少陵以來，無此作也。（詳郝經遺山先生墓誌）好問稱秉文詩，以爲近陶潛、阮籍；（閑閑公墓誌）又稱：「蘇子瞻絕愛陶、柳二家，極其詩之所至，誠亦陶柳之亞。」（東坡詩雅序）其論詩宗旨，詳所爲論詩絕句二十首中大抵主眞淳，喜豪縱，所尙在阮籍、陶潛、韓愈、蘇軾之間。郝經稱其「歌謠跌宕，挾幽幷之氣，高視一世。」（墓誌）趙翼又謂：「其廉悍沈摯處，較勝於蘇、陸。蓋生長雲朔，其天稟本多豪健英傑之氣；又値金源亡國，以宗社邱墟之感，發爲慷慨悲歌，有不求而自工者。」（甌北詩話）其詩兼工各體，七律尤沈摯悲涼，自成聲調，可泣可歌。例如眼中：

眼中時事益紛然，擁被寒燈夜不眠。骨肉他鄉各異縣，衣冠今日是何年！枯槐聚蟻無多地，秋水鳴蛙自一天。何處青山隔塵土？一菴吾欲送華顚。

又斷句如出京之「只知灞上眞兒戲，誰謂神州遂陸沈！」送徐威卿之「蕩蕩春天非向日，蕭蕭春色是他鄉；」岐陽之「野蔓有情縈戰骨，殘陽何意照空城？」楚漢戰處之「原野猶應厭膏血，風雲長遺動心魂；」石嶺關書所見之「已化蟲沙休自歎，厭逢豺虎欲安逃？」並感愴激昂，令人讀之聲淚俱下矣。

元以異族入主中夏，對漢人之壓迫，有甚於金。士氣銷沈，或混迹於倡優，假雜劇以遣憂避禍，由盛而詩詞皆無甚特色，亦時勢爲之也。元初詩人，有趙孟頫、（字子昂，湖州人。）仇遠、（字仁近，錢塘人。）劉因、（字夢吉，號靜修，容城人。）王惲、（字仲謀，汲縣人。）袁桷、（字伯長，鄞人。）袁易（字通甫，長洲人。）等，視宋末江湖一派之纖佻，故自不同而劉、王、二袁，風骨高邁，亦自一時之俊也。

元詩之代表作家，世稱虞、（集字伯生，僑居崇仁。）楊、（載字仲宏，浦城人。）范、（梈字德機，清江人。）揭（傒斯字曼碩，龍興富州人。）四家，風格各異，而以集爲大宗；載詩風規雅贍，雍雍有元祐之遺音；梈詩豪宕清遒，兼擅諸勝；傒斯則清麗婉轉，集曾以「簪花美女」目之。（參考輟耕錄及四庫提要）又有吳萊，（字立夫，浦陽人。）其詩雄深卓絕，特善歌行；薩都拉（字天錫，本蒙古人，居雁門。）最長於情，其詩流麗清婉，爲集所推服；凡此皆元詩之卓卓者。

楊維楨（字廉夫，宏子。）最晚出，特以樂府擅名。四庫提要稱其「根柢於青蓮、昌谷，縱橫排奡，自闢町畦；其高者或突過古人，其下者亦多墮入魔趣。」（鐵崖古樂府題要）王士禎論詩絕句云：「鐵崖樂府氣淋漓，淵穎（吳萊）歌行格儘奇。耳食紛紛說開寶，幾人眼見宋元詩？」維楨入明尚在，眞元詩之後勁也。

第二十章　明詩之衰敝

明詩專尚摹擬，鮮能自立。一代文人之才力，趨新者爭向散曲方面發展；守舊者則互相標榜，高談復古以自鳴高；轉致汨沒性靈，束縛才思；末流競相剽竊，喪其自我。明詩喜言盛唐，乃不免化神奇爲臭腐；又多立門戶，以相攻擊；作者雖多，要爲詩歌史上之一大厄運已！

明初作者，以劉基、（字伯温，青田人。）高啓（字季迪，長洲人。）最爲傑出。王世貞謂：「才情之美，無過季迪；聲氣之雄，次及伯温。」（藝苑巵言）基、振奇人也，爲詩獨標高格，極見抱負，而尤工樂府。例如走馬引：

天冥冥，雲濛濛，當天白日中貫虹。壯士拔劍出門去，手提讎頭擲草中。擲草中，血漉漉，追兵夜至深谷伏。精神感天天心哀，太乙乃遣天馬從天來，揮霍雷電揚風埃。壯士呼，天馬馳，橫行白晝，吏不敢窺。戴天之恥自古有，必報天地亦與相扶持。夫差徒能不忘而報越，棲於會稽又縱之。始知壯士獨無媿，魯莊何以爲人爲？

永樂（成祖）以來，有所謂「臺閣體」者，以「三楊」（楊士奇、楊榮、楊溥。）爲主，雍容平易，有承平之風。迨「弘正（孝宗年號弘治，武宗年號正德。）四傑」（李夢陽、何景明、邊貢、徐禎卿。）起，言詩必盛唐，而風氣爲之一變。何（字仲默，信陽人。）李（字天賜，更字獻吉，慶陽人。）最負重名，力倡復古；而李東陽（字賓之，號西涯，茶陵人。）實爲先導。嘉靖（世宗）間，李攀龍（字于鱗，歷城人。）王世貞（字元美，自號弇州山人，太倉人。）出，復奉以爲宗；天下推「李、何、王、李爲四大家，莫不爭效其體。夢陽欲使天下毋讀唐以後書，（四庫空同集提要）景明則深崇「初唐四傑」之格。王士禎云「接跡風人明月篇，何郎妙悟本從天。王楊盧駱當時體，莫逐刀圭誤後賢。」（論詩絕句）則對景明亦致不滿也。

明詩有前後「七子」之目，「後七子」以攀龍爲冠，世貞從而和之；攀龍先逝，而世貞名位日高，聲氣日廣，執詩壇之牛耳者，垂二十年。袁宏道兄弟嘗以「贋古」詆攀龍。世貞持論，亦主詩必盛唐，而藻飾太甚，攻者四起；然其對於各種文藝，並善批評，所著藝苑卮言，亦文學批評中之要籍也。

謝榛（字茂秦，臨淸人。）名稍亞於王李，特以五言近體，獨步於「後七子」間。嘗與王李結社燕市，其論詩宗旨，亦略相同。

明人摹擬之習，至「公安三袁」（宗道字伯修，宏道字無學，中道字小修。）出，始漸革除。宗道始與南充黃輝力排王李之說，論詩於唐好白居易，於宋好蘇軾。其弟宏道、中道，益矯以淸新輕俊；學者多舍王李而從之，目爲「公安體」。（參考謝無量中國大文學史）其所持宗旨，謂：「唐自有古詩，不必選體；中晚皆有詩，不必初盛；歐、蘇、黃、陳各有詩，不必唐人。唐詩色澤鮮姸，如旦晚脫筆硯者；今詩纔脫筆硯，已是陳言，豈非流自性靈，與出自剽擬所從來異乎？」（靜志居詩話引）凡此，皆深中明代諸家之病，宜「一時聞者渙然神悟，若良藥之解散而沈痾之去體也。」（朱彝尊說）其詩雖間出以俳諧調笑，又雜俚言，而生氣充溢行間，信明代詩壇之一大解放已！

三袁之後，復有鍾、（惺字伯敬，竟陵人。）譚、（元春字友夏，竟陵人。）合選古詩歸、唐詩歸二書，學者靡然從之，謂之「竟陵體」。其詩務爲幽深孤峭；朱彝尊斥其「著一字務求之幽晦，構一題必期於不通，」（靜志居詩話）且以「妖孽」目之，未免貶抑過甚。然明詩至此復壞，而國亦旋亡矣。

第二十一章　清詩之復盛

清雖以異族入據中原，而對於漢族文化，接受甚早，濡染亦深。康熙（聖祖）帝天縱多才，耀兵塞外，旣定西藏，平臺灣，宇內晏然，國威大震，太平之業，綿亙二百數十年。直至洪（秀全）楊（秀清）變興，始見兵革。中間休養生息，文人才士，得以致力於學術文藝，其驚人之發展，幾欲超邁漢、唐；即就詩歌而言，亦遠勝元、明兩代。清詩雖亦規撫唐、宋，而諸大家各能自出心裁，特具風格，非如明人之以「贋古」欺人也。

清初作者，大抵皆明季遺民。錢謙益（字受之，號牧齋，虞山人）吳偉業（字駿公，號梅村，太倉人）與龔鼎孳（字孝升，號芝麓，合肥人）稱「江左三家」，而鼎孳不逮錢、吳遠甚。謙益詩出入李、杜、韓、白、蘇、陸、元、虞之間，才力富健，一時罕與抗手。偉業對於「歌行一體，尤所擅長，格律本乎四傑，而情韻爲深；敍述類乎香山，而風華爲勝。」（四庫梅村集提要）蓋偉業身當「鼎革」之際，「遭逢喪亂，閱歷興亡，」故所作「激楚蒼涼，風骨彌爲遒上。」且詩中關涉明季史事者，尤指不勝屈，長歌當哭，聊以寫哀。偉業自言：「吾詩雖不足以傳遠，而是中之寄託良苦。」（陳廷敬吳梅村先生墓表）篇篇言之有物，故不覺其感愴淋漓；例如圓圓曲之「妻子豈應關大計？英雄無奈是多情；全家白骨成灰土，一代紅妝照汗青；」可當「詩史」之目矣。

康熙盛時，有宋琬、（字玉叔，號荔裳，山東萊陽人。）施閏章、（字尚白，號愚山，安徽宣城人。）號稱「南施北宋」；而王士禎（字貽上，號阮亭，又號漁洋山人，山東新城人。）實爲騷壇盟主。「士禎談詩，大抵源出嚴羽，以神韻爲宗。」（漁洋精華錄提要）其論詩絕句三十首，品評曹丕以下諸家詩，其第二十九首云：「曾聽巴渝里社詞，三閭哀怨此中遺；詩情合在空舲峽，冷雁哀猿和竹枝。」可見其平生宗旨所在。閏章嘗語士禎門人洪昇曰：「爾師詩如華嚴樓閣，彈指即見；吾詩如作室者，瓴甓木石，一一就平地築起。」（居易錄）士禎專主神韻，故以七絕爲最工。例如冶春絕句：

三月韶光畫不成，尋春步屧可憐生。青蕪不見隋宮殿，一種垂楊萬古情。

當年鐵礮壓城開，折戟沈沙長野苔。梅花嶺畔青青草，閒送游人騎馬回。

眞所謂「朱絃疏越，有一唱三歎之音，」開後來法門不少。

朱彝尊（字錫鬯，號竹垞，浙江秀水人。）爲詩兼工衆體，或與士禎並稱。趙執信謂：「王之才高，而學足以副之；朱之學博，而才足以運之。」及論其失，則曰「朱貪多，王愛好。」（談龍錄）二家之外，以查愼行（字悔餘，號初白，浙江海寧人。）爲最著。查詩淵源，大抵得諸蘇軾爲多；淸詩風氣，亦漸由宗唐轉而學宋矣。黃宗羲比其詩於陸游；王士禎則謂：「奇創之才，愼行遜游；綿至之思，游遜愼行；」（敬業堂集序）此特就其律詩言之耳。

乾隆、（高宗）嘉慶（仁宗）間，袁枚、（字子才，號簡齋，錢塘人。）蔣士銓、（字心餘，號淸容，江西鉛山人。）趙翼、（字雲松，號甌北，江蘇陽湖人。）號三大家。翼善論詩，有甌北詩話，言多精闢。士銓以作傳奇負盛譽，詩詞皆不見特佳。枚詩主性靈，影響最大。嘗謂：「凡詩之傳者，都是性靈，不關堆垛。」（隨園詩話）又力破「溫柔敦厚」之說，謂此「不過詩教之一端；」（再答李少鶴）頗能不囿於陳言，卓然有所自樹。是時論詩者，沈德潛（字確士，號歸愚，長洲人。）舉唐詩爲指歸，厲鶚（字太鴻，號樊榭，錢塘人。）樹宋詩爲標準；詩家唐宋之界，又起紛爭。枚則主「詩有工拙而無今古，」謂：

「詩者人之性情，唐、宋者，帝王之國號；人之性情，豈因國號而轉移哉？」—（隨園詩話）持論並極通達。特其詩有時流於諧謔，不無輕佻之病，致爲時人所詬病耳。

是時詩人尙有黃景仁、（字仲則，武進人。）張問陶、（號船山，遂寧人。）舒位（號鐵雲，大興人。）等。景仁兩當軒詩，才氣豪放似太白，近乃大行於世。然乾嘉之際，成就最大者，當推厲鶚。鶚五言融合陶、謝、韋、柳之長，近體從陳與義變化出之，尤工絕句；例如虎邱送春：

塔迴廊迴燕燕飛，送春人去戀斜暉。似嫌犖确侵羅襪，卻要殘紅作地衣。

清詩至乾嘉而臻於極盛，作者多不勝舉；或規唐體，或尙宋賢。道光間，龔自珍（字璱人，號定盦，仁和人）爲詩特奇麗，自成一格，近人多效之。迨咸豐兵起，詩風爲之一變，無復雍雍盛世之音矣。

第二十二章　清詩之轉變

咸豐、同治間，爲清詩一大轉變；所宗尙爲杜甫、韓愈、以及黃庭堅；而曾國藩（字滌生，湖南湘鄉人。）以望重位高實爲倡導。國藩詩雖未臻上乘，而提倡黃詩最力，轉移風氣，影響迄今；此治近代中國文學者所宜特別注意也。

嘉慶、道光以前，爲詩宗杜韓者，惟一錢載；（號籜石，秀水人。）稍後有程恩澤、（號春海，歙人。）祁寯藻，（號春圃，山西壽陽人。）雖並不爲王士禎、沈德潛二家之說所囿，而風氣仍未大開。迨何紹基，（字子貞，道州人。）鄭珍、（字子尹，貴州遵義人。）同受業恩澤之門，遂傳其業，而珍詩尤稱絕詣。珍又與其鄉人莫友芝（字子思，號郘亭，獨山人。）並稱，均多亂離之作。友芝序其巢經巢詩，謂：「盤盤之氣，熊熊之光，瀏漓頓挫，不主故常。」陳衍則稱其「歷前人所未歷之境，狀人所難狀之狀。」（石遺室詩話）雖其法得諸韓愈、黃庭堅，而特饒新意，境界別闢，眞一代之奇作也。珍自公車報罷後，蠖屈鄉關，漂泊西南；友芝則受知於國藩，而與珍友誼最篤。國藩論詩宗旨，受珍影響甚深；清季詩人，皆間接被其薰染者也。

太平天國取金陵，金和（號亞匏，江蘇上元人。）出入兵間，備嘗艱苦，就所聞見，發爲詩歌；極「以文爲詩」之能事，而一種沈痛陰慘氣象，視杜甫、鄭珍，猶有過之。（參用陳衍說）其詩確能表現時代精神，而用筆之奇恣，則亦韓愈與北宋諸賢遺法也。例如痛定篇：

賊婦作何狀？略似賊裝束。當腰橫長刀，窄袖短衣服。騎馬能怒馳，黃巾赤其足。自從入城後，忽效吳楚俗。夜叉逞華妝，但解色紅綠。彼或狐而貂，此或紗而縠。鬼蝶隨風翻，豈問春寒燠？頭上何所有？亦戴花與木。臂上何所有？亦纏金與玉。錦綺不蔽踝，但繫裙六幅。更結男子襪，青鞋走相屬。鴂舌紛笑譁，麕集踞高屋。朝去朝賊王，官以女頭目。既定兄弟籍，乃盡姊妹族。大索從閨房，一見氣敢觸？慘慘眉尖蛾，撞撞心頭鹿。小膽皆鼠銷，修頸半蠶縮。吞聲出門行，敢云路非熟？十里更五里，倘謂行不速。喃喃怒罵多，稍重且鞭扑。襆被未及攜，知在何處宿！求死無死所，求生則此辱。苦恨小兒女，徒亂人意哭。棄置大道旁，不復計慘毒。長者乞食呼，幼者蠅蚋族。我急還家看，幸未被驅逐。

與金和同時，而以善寫窮苦稱者，有江湜。（字弢叔，江蘇長洲人。）其人一生坎壈，「所寫窮苦情況，多東野、后山所未言；近人則鄭子尹、金亞匏，未能或之先。」（石遺室詩話）其詩「古體皆法昌黎，近體皆法山谷，無一切諧俗之語錯雜其間，戛戛乎其超出流俗；」（彭蘊章伏敔堂詩錄序）誠咸同間一詩雄也。湜尤工諷刺，有擬寒山詩四十首，極嬉笑怒駡之致；茲錄一首爲例：

某甲善狎邪，能得名妓意。妓以名故驕，事之良不易。百端既盡驩，其術蓋已祕。某乙竊學之，入官爲能吏。

甲午（光緒二十年）中日之役，中國創鉅痛深。詩人黃遵憲（字公度，廣東嘉應人。）崛起嶺南，舉一時可慨、可悲、可歌、可泣之事，悉形歌詠，遂爲晚清詩壇放一異彩。其論詩宗旨，謂：「詩之外有事，詩之中有人；今之世異於古，今之人亦何必與古人同？」其運用之法，則主「取離騷樂府之神理而不襲其貌，用古文家伸縮離合之法以入詩。」其述事則「舉今日之官書、會典、方言、俗諺，以及古人未有之物，未闢之境，耳目所歷，皆筆而書之。」（人境廬詩草自序）又高揭「我手寫我口，古豈能拘牽」之論，其富於解放精神如此！其官湖南按察使時，與巡撫陳寶箴（字右銘，江西義寧人。）共倡新政；寶箴故與國藩善；遵憲詩學宜其間接受國藩之影響。昌黎主「文必己出」，山谷則務生新，固革新派之先導也。遵憲詩關於感時撫事者，以悲平壤、東溝行、哀旅順、哭威海、降將軍歌、臺灣行、度遼將軍歌諸篇，爲最有歷史價値。例如臺灣行：

城頭逢逢擂大鼓，「蒼天蒼天」淚如雨。「倭人竟割臺灣去！當初版圖入天府，天威遠及日出處。我高我曾我祖父，刈殺蓬蒿來此土，糖霜茗雪千億樹，歲課金錢無萬數。天胡棄我天何怒？取我脂膏供仇虜！眈眈無厭彼碩鼠，民則何辜罹此苦！亡秦者誰三戶楚，何況閩粵千萬戶？成敗利鈍非所覩，人人效死誓死拒，萬衆一心誰敢侮？」一聲拔劍起擊柱，「今日之事無他語，有不從者手刃汝！」堂堂藍旗立黃虎，傾城擁觀空巷舞。黃金斗大印繫組，直將「總統」呼巡撫。「今日之政民爲主，臺南臺北固吾圉，不許雷池越一步。」海城五月風怒號，飛來金翅三百艘，追逐巨艦來如潮。前者上岸雄虎彪，後者奪關飛猿猱，村田之銃備前刀，當輒披靡血杵漂，神焦鬼爛城門燒。誰與戰守誰能逃？一輪紅日當空高，千家白旗隨風飄。搢紳耆老相招邀，夾跪道旁俯折腰，紅纓竹冠盤錦條，青絲辮髮垂雲髻，跪捧銀盤茶與糕，綠沈之瓜紫蒲桃。「將軍遠來無乃勞？降民敬爲將軍導。」將軍曰「來呼汝曹，汝我黃種原同胞，延平郡王人中豪，實闢此土來分茅，今日還我天所教。國家仁聖如唐堯，撫汝育汝殊黎苗，安汝家室毋譊譊！」將軍徐行塵不囂，萬馬入城風蕭蕭。「嗚呼將軍非天驕，王師威德無不包，我輩生死將軍操，敢不歸依明聖朝？」噫嚱吁！悲乎哉！汝全臺，昨何忠勇今何怯？萬事反覆隨轉睫。平時戰守無豫備，曰忠曰義何所恃？

清之末季，詩人有樊增祥、（號雲門，別號樊山，湖北恩施人。）易順鼎、（字仲碩，晚號哭庵，湖南龍陽人。）陳三立、（字伯嚴，晚號散原老人，江西義寧人。）陳衍、（字叔伊，號石遺，福建侯官人。）鄭孝胥（字太夷，號蘇龕，福建閩縣人。）等，而陳、鄭影響爲大。三立爲寶箴子，爲詩「少時學昌黎，學山谷，後則直逼薛浪語。」（季宣）衍稱「其佳處可以泣鬼神，訴眞宰者，未嘗不在文從字順中也；而荒寒蕭索之景，人所不道，寫之獨覺逼肖。」（石遺室詩話）晚居廬山，巍然爲詩壇老宿，而風格轉益遒上。例如夜坐：

松氣園廬生夜寒，況移片月挂檐端。蟲聲鼠影都相避，祇向孤燈訴肺肝。

孝胥詩「少學大謝，浸淫柳州，益以東野，泛濫於唐彥謙、吳融以及南北宋諸大家，而最喜荆公。」（石遺室詩話）然其精思健筆，轉與元遺山爲近。衍教授南北，善說詩，以爲「宋人皆推本唐人詩法，力破餘地耳。」（石遺室詩話）又標「同光體」之目，而論詩不主一家云。

晚清詩壇，鮮不受陳、鄭影響，儼然江西、福建二派；江西主山谷、宛陵；福建則尙后山、簡齋、放翁諸家；近復趨向晚唐，以寫喪亂流離之痛。自「新文學運動」起，而其風亦少衰矣。

下篇　詞曲

第一章　詞曲與音樂之關係

「詞」「曲」二體，原皆樂府之支流：特並因聲度詞，審調節唱，舉凡句度長短之數，聲韻平上之差，莫不依已成之曲調爲準；復因所依之曲調，隨音樂關係之轉移，而「詞」與「曲」各自分支，別開疆界。

宋翔鳳云：「宋元之間，詞與曲一也；以文寫之則爲詞，以聲度之則爲曲。」（樂府餘論）「詞」「曲」皆有「曲度」，故謂之「塡詞」，又稱「倚聲」，並先有「聲」而後有「詞」，非若古樂府之始或「徒歌」，終由知音者爲之作曲，被諸管弦也。

中國音樂，自漢、魏以迄隋唐，爲一大轉變。所謂房中舊曲，九代遺聲，與夫「西曲」「吳聲」，並漸銷歇於陳隋之際。宋王灼云：「蓋隋以來，今之所謂『曲子』者漸興，至唐稍盛，今則繁聲淫奏，殆不可數。古歌變爲古樂府，古樂府變爲今曲子，其本一也。」（碧雞漫志）此所謂「今曲子」，卽「詞」所依之聲；其法原出龜茲人蘇祇婆，自周武帝時，傳入中國；（詳隋書音樂志）至隋唐間而西域樂大盛，且漸普遍於民間，所謂「自開元已來，歌者雜用胡夷里巷之曲」（舊唐書音樂志）是也。

據崔令欽教坊記所載開元以來「燕樂雜曲」，至三百餘曲之多；唐宋人塡詞，卽多用其中「曲調」。宋史樂志亦云：「燕樂自周以來用之。唐貞觀增隋九部爲十部，以張文收所製歌名燕樂，而被之管弦。厥後至坐伎部琵琶曲盛流於時，匪直漢氏上林樂府縵樂不應經法而已。宋初置教坊，得江南樂，已汰其坐部不用。自後因舊曲創新聲，轉加流麗。」燕樂以琵琶爲主，而張炎言協音之法，亦取正於啞篳篥；（詳詞源下）篳篥亦出胡中，而爲燕樂中之主要樂器；故謂「詞」爲依「燕樂雜曲」之聲而成，可無疑也。

西域樂流行旣久，漸染華風，所謂「因舊曲創新聲，」不免流於靡曼。金元崛興沙塞，所用純粹胡樂、嘈雜緩急之間，舊詞至不能按；乃更造新聲，而北曲大備；（參用吳梅說）所謂「以吹笳鳴角之雄風，汰金粉靡麗之末俗」（詞餘講義）是也。明王驥德敍南北曲之淵源流變云：「入宋而詞始大振，署曰『詩餘』，於今曲益近，周待制、柳屯田其最也；而單詞隻韻，歌止一闋，又不盡其變；而金章宗時，漸更爲北詞，如世所傳董解元西廂記者，其聲猶未純也。入元而益漫衍，其製櫛調比聲，『北曲』遂擅盛一代；顧未免滯於絃索，且多染胡語，其聲近噍以殺，南人不習也。迨季世入我明，又變而爲『南曲』，婉麗嫵媚，一唱三歎，於是美善兼至，極聲調之致。始猶南北畫地相角，邇年以來，燕趙之歌童舞女，咸棄其捍撥，盡效南聲，而北詞幾廢。至北之濫，流而爲粉紅蓮、銀紐絲、打棗竿；南之濫，流而爲吳之山歌、越之採茶諸小曲，不啻『鄭聲』，而各有其致。」（曲律）據王氏所言，南北曲之不得不隨音樂關係爲轉變，又可知矣。

「詞」爲文人娛賓遣興之資，以「清謳」爲主，不與舞蹈同用；歐陽炯所謂：「綺筵公子，繡幌佳人，遞葉葉之花牋，文抽麗錦；擧纖纖之玉指，拍按香檀」（花間集序）者，可想見其意趣。南北曲之「小令」「套數」，其應用亦與「詞」同；「套數」之曲，元人謂之「樂府」，作「小令」與五七言絕句同法，要醞藉，要無襯字，要言簡而趣味無窮；（並見曲律）實與唐五代之「令詞」相仿；特「曲調」變易耳。今故以「詞」「曲」同篇，藉見演化之迹云。

第二章　燕樂雜曲詞之興起

今之所謂「詞」爲「曲子詞」之簡稱；在唐宋間，或稱「曲子詞」（花間集序）或稱「今曲子」（碧雞漫志）或僅稱「曲子」（畫墁錄）至稱「長短句」或曰「詩餘」則又晚出之名，非其朔也。

「曲子詞」之興起，當溯源於樂府詩集中之「近代曲辭」郭茂倩云：「近代曲者，亦雜曲也；以其出於隋、唐之世，故曰近代曲也。隋自開皇初文帝置七部樂：一曰西涼伎，二曰清商伎，三曰高麗伎，四曰天竺伎，五曰安國伎，六曰龜茲伎，七曰文康伎。至大業中，煬帝乃立清樂、西涼、龜茲、天竺、康國、疏勒、安國、高麗、禮畢以爲九部；樂器工衣，於是大備。唐武德初，因隋舊制，用九部樂。太宗增高昌樂，又造讌樂而去禮畢曲；其著令者十部：一曰讌樂，二曰清商，三曰西涼，四曰天竺，五曰高麗，六曰龜茲，七曰安國，八曰疏勒，九曰高昌，十曰康國，而總謂之燕樂；聲辭繁雜，不可勝紀。凡燕樂諸曲，始於武德、貞觀，盛於開元、天寶，其著錄者十四調，二百二十二曲。」（樂府詩集七九）據此，知隋唐間爲「燕樂雜曲」之創作極盛時代。

樂府詩集所載「近代曲」，計與教坊記合者，有拋球樂、破陣樂、還京樂、千秋樂、長命女、楊柳枝、浪淘沙、望江南、想夫憐、鳳歸雲、離別難、拜新月、征步郎、太平樂、大郎神、胡渭州、楊下采桑、大酺樂、山鷓鴣、醉公子、嘆疆場、如意娘、何滿子、水鼓子（教坊記作水沽子）綠腰、涼州、伊州、甘州、采桑、霓裳、雨霖鈴、回波樂等三十二曲；并其餘出教坊記外者，共收「近代曲」至八十四種之多；而唐人作除劉禹錫之瀟湘神，白居易、劉禹錫之憶江南，王建之宮中調笑，韋應物之調笑，戴叔倫之轉應詞，吉中孚妻張氏之拜新月爲長短句，確立後來「詞」體外，餘並五七言詩；則知開元、天寶間，雖「燕樂雜曲」盛行，而仍以舊體詩入曲；朱熹所謂「古樂府只是詩，中間卻添許多泛聲；後來人怕失了那泛聲，遂一添個實字，遂成長短句」（朱子語類百四十）者；在此時風氣尚未大開；又王灼所云「唐時古意亦未全喪」（碧雞漫志一）是也。

依「燕樂雜曲」之聲因而創作新詞者，前人則以李白菩薩蠻、憶秦娥二詞，爲百代詞曲之祖。

（黃昇唐宋諸賢絕妙詞選）然二詞晚出，且來歷不明，近人已多疑之；而謂「依曲拍爲句」之詞，實始於劉禹錫、白居易。（參看胡適詞的啓源）惟攷之樂府詩集，隋煬帝及其臣王胄同作之紀遼東，實爲後來「倚聲塡詞」之「濫觴。」特爲拈出比勘如下：

煬帝作：

遼東海北翦長鯨，（韻）風雲萬里淸。（叶）方當銷鋒散馬牛，（句）旋師宴鎬京。（叶）

前歌後舞振軍威，（換韻）飮至解戎衣。（叶）判不徒行萬里去，（句）空道五原歸。（叶）

秉旄仗節定遼東，（韻）俘馘變夷風。（叶）淸歌凱捷九都水，（句）歸宴雒陽宮。（叶）

策功行賞不淹留，（換韻）全軍藉智謀。（叶）詎似南宮複道上，（句）先封雍齒侯？（叶）

王胄作：

遼東浿水事龔行，（韻）俯拾信神兵。（叶）欲知振旅旋歸樂，（句）爲聽凱歌聲。（叶）

十乘元戎纔渡遼，（換韻）扶濊已冰消。（叶）詎似百萬臨江水，（句）按轡空迴鑣。（叶）

天威電邁擧朝鮮，（韻）信次卽言旋。（叶）還笑魏家司馬懿，（句）迢迢用一年。（叶）

嗚鑾詔蹕發淆漴，（換韻）合爵及疇庸。（叶）何必豐沛多相識，（句）比屋降堯封？（叶）

綜觀一調四詞，雖平仄尚未盡諧，而每首八句六叶韻，前後段各四句換韻，句法則七言與五言相間用之，四詞無或差舛，形式最與唐末五代「令曲」相近；郭氏錄冠近代曲辭，其爲後來「倚聲塡詞」之祖明矣。

「詞」在隋代，既有創作，何以中間歇絕，竟尠嗣音？推其最大原因，一爲士大夫守舊心理，不甘俯就「胡夷里巷之曲」，爲撰新詞；一爲樂工多取名人詩篇，爲加「泛聲」，合之弦管；（參看詞學季刊創刊號拙著詞體之演進）前者爲中國文人傲慢性之表現，後者足以助長其偷怠心理；長短句詞發展之遲緩，皆此兩重心理作祟於其間也。

尊前集收唐人「詞」，有明皇之好時光一首，李白之連理枝一首、淸平樂五首、菩薩蠻三首、淸平調三首，韋應物之調笑二首、三臺二首，王建之宮中三臺二首、江南三臺四首、宮中調笑四首，杜牧之八六子一首，劉禹錫之楊柳枝十二首、竹枝十首、紇那曲二首、憶江南一首、浪淘沙九首、瀟湘神二首、拋球樂二首，白居易之楊柳枝十首、竹枝四首、浪淘沙六首、憶江南二首、宴桃源三首，盧貞之楊柳枝一首，張志和之漁父五首，司空圖之酒泉子一首，韓偓之浣溪沙二首，薛能之楊柳枝十八首，成文幹之楊柳枝十首，溫庭筠之菩薩蠻五首。自韋應物以下，皆開元、天寶以後人，其詞又多為五七言絕句詩體；在溫庭筠以前，長短句詞，固未風行於士大夫間也。歐陽炯花間集序稱：「在明皇朝，則有李太白之應制清平樂調四首，」不及其他；而所謂「清平樂調，」果為尊前集所載之清平樂，抑為七言絕句體之清平調？未易遽下斷語。至明皇好時光：

寶髻偏宜宮樣，蓮臉嫩，體紅香。眉黛不須張敞畫，天教入鬢長。 莫倚傾國貌，嫁取箇，有情郎。彼此當年少，莫負好時光。

據近人劉毓盤之說，謂「此詞疑亦五言八句詩，如『偏』、『蓮』、『張敞』、『箇』等字，本屬和聲，而後人改作實字。」（詞史）志和漁父，亦七言絕句詩，特於第三句減一字，化作三字兩句耳。然則「幷和聲作實字，長短其句，以就曲拍者，」（全唐詩注）雖在開元、天寶早肇其端，而當時士大夫間，固不輕於嘗試也。

第三章　雜曲子詞在民間之發展

隋唐之際，西域樂旣普徧流行於民間，雜曲歌詞，乘時競作。中國所有新興文體，其始皆出自民間；迨行之旣久，乃爲文人所注意，由接受而加以改進，以躋於「大雅之堂」。「詞」體之興，亦猶此例。吾人研究詞學演進之歷史，正須考核當世民間歌曲情形；特以年遠代湮，其人又皆無名作者，不及後起專家之易爲推論耳。

自敦煌石室藏書，爲法蘭西人伯希和所發現；而唐寫本雲謠集雜曲子，乃復顯於人間；使吾人得以窺見唐代民間流行歌曲之眞面，因而證知「令」「慢」曲詞，實同時發展於開元、天寶之世，可以解決詞學史上之疑案不少。其書分歸倫敦博物館，及巴黎國家圖書館，近由歸安朱氏（孝臧）合校爲三十首足本；所用詞調十三，除內家嬌外，全見於教坊記；其詞又多述征婦怨情，與盛唐詩人王昌齡輩所咨嗟詠歎之「閨怨」等作，題材極爲相近；意必爲開元、天寶間盛行之民間歌曲，由戍卒傳往西陲者。其修辭極樸拙，少含蓄之趣，亦足爲初期作品，技術未臻巧妙之證。例如鳳歸雲：

綠窗獨坐，修得君書。征衣裁縫了，遠寄邊虞。想得爲君貪苦戰，不憚崎嶇。終朝沙磧裏，已憑三尺，勇戰奸愚。（疑爲「單于」之誤）　豈知紅臉，淚滴如珠。枉把金釵卜，卦卦皆虛。魂夢天涯無暫歇，枕上長噓。待卿迴故里，容顏憔悴，彼此何如？

此類作品在全集中所佔成分最多；餘或述男女思慕之情，或作一般嬌豔之語，大率皆普偏情感，爲當時民衆所易瞭解之歌曲；特樸質無華，故未見稱道於文人學士之口耳。

燉煌發現唐人寫本小曲，除雲謠集外，零篇斷簡，散佚尚多。就其傳入中土者，有上虞羅氏（振玉）敦煌零拾所收之魚歌子一首，長相思三首，雀踏枝二首；日本橋川醉軒所傳之楊柳枝一首，魚歌子二首，南歌子一首，又缺曲名者一首；劉復敦煌掇瑣所收之南歌子一首，又缺曲名者一首；所用皆開元教坊舊曲，題材亦多與雲謠集相同；惟句度長短之差，與世傳詞調，顯有違異；轉足爲後來「因舊曲造新聲」之左證；而「詞」之最初作品，固原於民間流行之小曲也。其間最可怪者，羅本之魚歌子，竟題曰「上王次郎」詞云：

春雨微香風少，簾外鶯啼聲聲好。伴孤屏，微語笑。寂對前庭悄悄。當初去向郎道：莫保青娥花容貌。恨惶交不歸早，教妾思在煩惱。

似寫出征婦手筆；如此無名女作家，不知埋沒幾許矣！又如鵲踏枝：

叵耐靈鵲多滿語，送喜何曾有憑據？幾度飛來活捉取，鎖上金籠休共語：比擬好心來送喜，誰知鎖我在金籠裏？欲他征夫早歸來，騰身却放我向青雲裏。

設爲少婦與靈鵲對語之辭，充分表現癡念征人情緒；民間歌曲，具見情眞。又如橋川醉軒所傳之楊柳枝：

春去春來春復春，寒暑來頻。月生月盡月還新，又被老催人。只見庭前千歲月，長在常存。不見堂上百年人，盡總化爲陳。

劉復所收之南歌子：

悔嫁風流婿，風流無準憑。攀花折柳得人憎。夜夜歸來沈醉，千聲喚不應。迴覷簾前月，鴛鴦帳裏燈，分明照見負心人。問道與須（此二字應有誤）心事，搖頭道不曾。

並與今所傳楊柳枝南歌子「句度」全異，最足推求「詞」體演變情形；其價值殆不在劉、白、溫、韋諸家之下矣。

第四章　唐詩人對於令詞之嘗試

詞中之「令曲」蓋出於尊前席上，歌以侑觴，臨時倚曲製詞，性質略同「酒令。」全唐詩話：「中宗宴侍臣，酒酣，各命為回波辭。」據樂府詩集「回波，商調曲，唐中宗時造，蓋出於曲水引流泛觴也。後亦為舞曲。」回波為六言四句體，近似三臺；當時李景伯、沈佺期、裴談等，皆曾於侍宴時為之，可想見令詞命意之所在。詩人對於令詞之嘗試，較之「慢曲」為早，亦緣其體近「絕句，」且於宴飲時游戲出之，故易流行於士大夫間也。

開元、天寶間，為以絕句入曲之極盛時代；倚曲塡詞之風氣，猶未大開。直至貞元以還，詩人始漸注意新興樂曲，而從事於令詞之嘗試。韋應物、王建，並有三臺、調笑之作；三臺六言四句，未脫「絕句」形式；調笑則純粹後來長短句詞體也。二家之詞，並見樂府詩集。茲各錄一闋示例：

宮中調笑：　　　　韋應物

胡馬胡馬，遠放燕支山下。咆沙咆雪獨嘶，東望西望路迷。迷路迷路，邊草無窮日暮。

宮中調笑：　　王建

團扇團扇，美人病來遮面。玉顏憔悴三年，誰復商量管絃？絃管絃管，春草昭陽路斷。

戴叔倫（字幼公，金壇人。）同時有作，風氣漸開；劉禹錫白居易繼之，始特注意。禹錫憶江南題云：「和樂天春詞，依憶江南曲拍爲句，」（劉夢得外集四）則已明言依曲塡詞矣。其一闋云：

春去也！多謝洛城人。弱柳從風疑舉袂，叢蘭裛露似霑巾，獨笑亦含顰。

居易亦作憶江南三闋，其一云：

江南好，風景舊曾諳。日出江花紅勝火，春來江水綠如藍，能不憶江南？

劉白並能接受民間文藝，所爲竹枝、楊柳枝、浪淘沙諸曲，雖仍爲七言絕句體，而已採用民歌音節及其風調。憶江南則直依「曲拍」爲句，下開晚唐五代之風。詞本出於「胡夷里巷之曲」，必至劉白諸人，始果於嘗試者，非偶然也。

令詞至晚唐，已如奇葩異卉之含苞待放；作者有唐昭宗、司空圖、韓偓、皇甫松等，而溫庭筠最爲專家。舊唐書文苑傳稱：「庭筠士行塵雜，不修邊幅，能逐絃吹之音，爲側豔之詞。」孫光憲北夢瑣言又言：「溫庭筠詞有金荃集，蓋取其香而軟也。」庭筠爲詩本工綺語，舉胸中之麗藻，以就絃吹之音，遂爲詞壇開山作祖。向所謂「胡夷里巷之曲」，一經改造，鏤金錯采，悉以婉麗之筆出之，遂進登「大雅之堂」，開花間一派之盛。其代表作如菩薩蠻云：

小山重疊金明滅，鬢雲欲度香腮雪。懶起畫蛾眉，弄粧梳洗遲。　照花前後鏡，花面交相映。新貼繡羅襦，雙雙金鷓鴣。

劉熙載稱：「溫詞精妙絕人，然類不出乎綺怨」（藝概）如此類之作是也。又如夢江南：

梳洗罷，獨倚望江樓。過盡千帆皆不是，斜暉脈脈水悠悠，腸斷白蘋洲。

則氣體淸疏，饒有唱歎之音，不徒以金碧眩人眼目矣。

詩人嘗試塡詞，至庭筠遂臻絕詣；運思益密，技巧益精，然其末流往往文浮於質，徒資王公大人以爲笑樂，而不足以道里巷男女哀樂之情；此亦文學進展所必然，不必以相詬病也。

第五章　令詞在西蜀之發展

唐末五代之亂，綿亘五六十年；惟西蜀南唐，克保偏安之局。蜀與三秦接壤，黃巢亂後，中原文士，多往歸之。大詩人韋莊，（字端己，杜陵人。）兩度入蜀，留佐王建，建國稱尊，治號小康，得以餘力從事於文藝。其後王衍及後蜀孟昶，並好音樂工聲曲，又沈醉於聲色歌舞之場，朝野歡娛，造成風氣。歐陽炯所謂：「綺筵公子，繡幌佳人，遞葉葉之花牋，文抽麗錦，舉纖纖之玉指，拍按香檀」（花間集序）者，猶可想像當時蜀中歌樂之盛；而「詩客曲子詞」乃於此「天府之土」發榮滋長，蔚爲偉觀。一代開山，端推韋氏。莊既挾歌詞種子，移植西川，薛昭蘊、牛嶠、（字松卿，隴西人。）毛文錫、（字平珪，南陽人。）牛希濟、（嶠兄子。）歐陽炯、（益州人。）顧夐、魏承班、鹿虔扆、閻選、尹鶚、（成都人。）毛熙震、（蜀人。）李珣（字德潤，梓州人。）之徒，相繼有作。花間一集，所收十八家詞，除溫庭筠、皇甫松、張泌、和凝孫光憲外，餘皆蜀人，或曾仕宦於前後蜀者也。

花間詞派，首推溫、韋二家。庭筠開風氣之先，特工「香軟」；趙崇祚取冠花間集，藉見蜀中詞學之淵源。莊承其風，格已稍變；由其身經黃巢之亂，轉徙流離，後雖卜居成都，官至宰輔，而俯仰今昔，不能無慨於中；故其詞筆淸疏，情意悽怨。古今詞話稱：「莊有寵人，資質豔麗，兼善詞翰。建聞之，托以教內人爲詞，強奪去。莊追念悒怏，作荷葉杯、小重山詞。」其幽怨深情，又非庭筠之爛醉「狹邪」中者可比。其小重山云：

一閉昭陽春又春。夜寒宮漏永，夢君恩。臥思陳事暗銷魂。羅衣溼，新搵舊啼痕。　歌吹隔重闈。遶庭芳草綠，倚長門。萬般惆悵向誰論？凝情立，宮殿欲黃昏。

堯山堂外紀稱此詞「流傳入宮，姬聞之，不食死。」章詞牽涉此事者甚多，故其情特濃摯；而意深語淺，善用白描。近人況周頤稱其「尤能運密入疎，寓濃於淡」（詞林攷鑒稿本）其藝術之高在此。茲爲舉例如下：

浣溪沙：

夜夜相思更漏殘，傷心明月凭闌干，想君思我錦衾寒。　咫尺畫堂深似海，憶來惟把舊書看，幾時攜手入長安？

思帝鄉：

春日遊，杏花吹滿頭。陌上誰家年少足風流？妾擬將身嫁與一生休。縱被無情棄，不能羞。

西蜀詞人受溫、韋二家影響，不免「分道揚鑣；」大抵濃麗香軟，專言兒女之情者，類從溫出；其清疏緜遠，時有感歎之音者，則韋相之流波，而皇甫松實其先導也。

花間集稱松爲「皇甫先輩，」松爲湜子，疑其人或因避亂隱居蜀中。其詞格極悽婉。例如浪濤沙：

灘頭細草接疏林，浪惡罾船半欲沉。宿鷺眠鷗飛舊浦，去年沙觜是江心！

承松遺緒，而感慨興亡，開後來「懷古」一類之詞者，則有薛昭蘊與鹿虔扆。昭蘊有浣溪沙：

傾國傾城恨有餘，幾多紅淚泣姑蘇，倚風凝睇雪肌膚。吳主山河空落日，越王宮殿半平蕪，藕花菱蔓滿重湖。

虔扆有臨江仙：

金鑣重門荒苑靜，綺窗愁對秋空。翠華一去寂無蹤。玉樓歌吹，聲斷已隨風。　煙月不知人事改，夜闌還照深宮。藕花相向野塘中。暗傷亡國，清露泣香紅。

孫光憲稱昭蘊「恃才傲物，好唱浣溪沙詞。」（北夢瑣言）倪瓚謂：「鹿公抗志高節，偶爾寄情倚聲，而曲折盡變，有無限感慨淋漓處。」（古今詞話引）此在花間集中，又爲別具面目者也。

花間多作豔詞，而牛嶠、牛希濟、歐陽炯、顧敻尤工此體。況周頤稱：嶠作西溪子、望江怨諸闋，「繁絃促柱間，有勁氣暗轉，愈轉愈深。」（餐櫻廡詞話）其尤妖豔之作，則有菩薩蠻：

玉樓冰簟鴛鴦錦，粉融香汗流山枕。簾外轆轤聲，斂眉含笑驚。　柳陰煙漠漠，低鬢蟬釵落。須作一生拚，盡君今日歡。

結句與南唐後主之「奴爲出來難，教郎恣意憐，」同其風致。希濟爲嶠兄子，綽有家風。歐陽炯詞「大抵婉約輕和，不欲強作愁思。」（蓉城集）至其浣溪沙：

相見休言有淚珠，酒闌重得敘歡娛，鳳屏鴛枕宿金鋪。　蘭麝細香聞喘息，綺羅纖縷見肌膚，此時還恨薄情無？

況周頤謂：「自有豔詞以來，未有豔於此者。」（蕙風詞話）然以上三家之造語，所受庭筠影響爲多；顧敻喜用白描，乃與韋莊爲近。例如訴衷情：

永夜拋人何處去？絕來音。香閣掩，眉斂月將沈。爭忍不相尋？怨孤衾。換我心，爲你心，始知相憶深。

西蜀詞人，當以上述諸家，爲最特色。至和凝（鄆州人。）歷仕後唐、後晉、後周三朝，著有紅葉稿；張泌（淮南人。）爲南唐內史；孫光憲（貴平人。）官荊南，而詞並爲花間集所收，特爲附著。三家以光憲著作最富，詞亦清婉，的是雅人吐屬。茲舉浣溪沙一闋爲例：

半踏長裾宛約行，晚簾疏處見分明，此時堪恨昧平生。 早是銷魂殘燭影，更愁聞著品絃聲，杳無消息若爲情。

令詞至花間諸賢，發展已臻極詣。陸游稱「斯時天下岌岌，士大夫乃流宕如此，或者出於無聊。」（花間集跋）在無聊之中，促進一種新興文藝之發達，亦事之不可解者已。

第六章　令詞在南唐之發展

南唐立國，近四十年；錦繡江山，免遭兵燹。中主李璟，（字伯玉，徐州人。）旣擅文詞；後主煜（字重光，璟第六子。）繼之，兼精音律，嘗造念家山及振金鈴曲破。（五國故事）其妻昭惠后周氏，「通書史，善歌舞，尤工琵琶，」嘗製邀醉舞破。（陸游南唐書）後主夫婦，並工度曲。一時風氣所趨，故倚聲而作之歌詞，在南唐遂益發展。雖作者不及西蜀之衆，而開創之精神，或有過之。南唐詞境界日高，時復充分表現作者之個性，非花間詞派之所得牢籠也。

中主詞傳世不過四闋，而攤破浣溪沙二闋爲最著。茲錄其一云：

菡萏香銷翠葉殘，西風愁起綠波間。還與韶光共憔悴，不堪看。　細雨夢回雞塞遠，小樓吹徹玉笙寒。多少淚珠何限恨，倚闌干。

江表志稱：「元帝（卽中主）割江之後，金陵對岸，卽爲敵境；因徙都豫章，每北顧忽忽不樂。」其詞之哀婉，正見傷心人別有懷抱，南唐詞格之高以此；固不僅如王國維所稱：「大有衆芳蕪穢，美人遲暮之感」（人間詞話）而已也。

後主生於深宮之中，長於婦人之手，性仁愛而頗懦怯，在位十五年，保境安民，有小康之象；因得寄情聲樂，極意歌詞。其前期作品，類極風流豔麗。例如菩薩蠻：

花明月暗籠輕霧，今宵好向郞邊去。剗襪步香階，手提金縷鞵。　畫堂南畔見，一晌偎人顫。奴爲出來難，教郞恣意憐。

詞爲小周后作，極溫柔狎昵之致。迨國亡歸宋，日惟度其「眼淚洗面」之生活，而詞格一變。王國維云：「詞至李後主而眼界始大，感慨遂深，」（人間詞話）蓋亦就後期作品言耳。茲錄二闋如下：

相見歡：

林花謝了春紅，太匆匆，無奈朝來寒雨晚來風！　胭脂淚，相留醉，幾時重？自是人生長恨水長東！

浪淘沙：

簾外雨潺潺，春意闌珊，羅衾不耐五更寒。夢裏不知身是客，一晌貪歡。　獨自莫憑欄，無限江山，別時容易見時難。流水落花春去也天上人間。

讀之但覺血淚模糊，不勝悽抑。蓋後主以絕世才華歷盡人間可喜可悲之境，兩重身世懸隔天淵；所受刺激愈深，其所流露於文詞者，乃盡爲心頭之血；此後主詞之高絕，亦環境造成之也。

二主之外，有馮延巳（字正中，廣陵人。）足爲南唐詞壇生色。延巳作詞動機，由於「娛賓遣興。」其甥陳世脩嘗序其陽春集云：「公以金陵盛時，內外無事，朋僚親舊，或當燕集，多運藻思，爲樂府新詞，俾歌者倚絲竹而歌之。」由此可知南唐之風尙，正同西蜀；而延巳所作，思深辭麗，時有「憂生念亂」之嗟，殆亦身世使然歟？近人馮煦稱其「鼓吹南唐，上翼二主，下啓歐晏，實正變之樞紐，短長之流別。」（唐五代詞選序）其影響北宋諸家，乃較花間爲大。例如鵲踏枝：

煩惱韶光能幾許？腸斷魂銷，看卻春還去。祇喜牆頭靈鵲語，不知靑鳥全相誤。　心若垂楊千萬縷。水闊華萓，夢斷巫山路。滿眼新愁無問處，珠簾錦帳相思否？

第七章　令詞之極盛

令詞自溫庭筠之後，廣播於西蜀、南唐，經數十年之發揚滋長，蔚爲風氣。至宋統一中國，定都汴梁，士大夫承五代之遺風，留意聲樂，而令詞益臻全盛。即席塡詞以付歌管，蓋已視爲文人「娛賓遣興」必要之資矣。

宋初詞接受南唐遺產。名家如晏氏父子、（殊字同叔，幾道字叔原，臨川人。）歐陽修皆江西人；江西故南唐屬地，中主曾一度遷都南昌，遺韻流風，必有存者。宋定江南，并收其樂以入汴京；歌詞所依之聲，亦遂相隨以俱北。馮氏陽春一集，又爲晏歐所宗，光大發揚，以成令詞之全盛時代；蓋亦多方面之關係，有以致之也。

宋初作者，有王禹偁、（字元之，鉅野人。）寇準、（字平仲，華州下邽人。）錢惟演、（字希聖，吳越王錢俶子。）范仲淹、（字希文，吳縣人。）潘閬（字逍遙，大名人。）諸人，然皆偶一爲之，未成專詣。其間惟范仲淹之漁家傲、蘇幕遮諸闋，蒼涼悲壯，開後來豪放一派之先河；潘閬之憶餘杭十首，風骨高峻，語帶烟霞，自成別調。其直接南唐令詞之系統者，則晏殊其首出者也。

殊官至宰相，極盡榮華，而所作小詞，「風流蘊藉，一時莫及。」（碧雞漫志）劉攽嘗稱：「元獻（殊）尤喜馮延己歌詞，其所自作，亦不減延己。」（中山詩話）其代表作如浣溪沙：

一曲新詞酒一杯，去年天氣舊亭臺，夕陽西下幾時回？　無可奈何花落去，似曾相識燕歸來，小園香徑獨徘徊。

一洗花間之穠豔，而千迴百折，哀感無端，轉於李後主爲近，不僅爲陽春法乳也。

繼晏殊而起，以令詞名家者，爲歐陽修。修爲詩文，並宗韓愈，以「道統」自任；獨游戲作小詞，至爲婉麗，與其詩格絕不相同。所爲六一詞，據陳振孫云「其間多有與花間、陽春相混者；亦有鄙褻之語一二廁其中，當是仇人無名子所爲也。」（直齋書錄解題）歐詞風格本近陽春；世所傳誦之蝶戀花，亦有傳爲延己作者；惟「庭院深深」一闋，李易安酷愛其語，（詞苑叢談）當爲歐作無疑。全闋如下：

庭院深深深幾許？楊柳堆煙，簾幙無重數。玉勒雕鞍游冶處，樓高不見章臺路。　雨橫風狂三月暮。門掩黃昏，無計留春住。淚眼問花花不語，亂紅飛過鞦韆去。

修又嘗爲采桑子十一闋，以述西湖之勝；漁家傲十二闋，以紀十二月節令；以一曲重疊製詞，聯成一套；蓋亦漸感令詞之篇幅過隘，不足以資發抒矣。

北宋令詞，發揚於晏殊、歐陽修，而極其致於晏幾道。幾道生長富貴家，壯乃落拓不偶，而又「賦性耿介，不踐諸貴之門」（碧雞漫志）「磊隗權奇，疏於顧忌」（黃庭堅小山詞序）其前後生活狀況之變化，足以養成其千迴百折之詞心。其自序小山詞云：「叔原往者浮沈酒中，病世之歌詞，不足以析醒解慍；試讀南部諸賢緒餘，作五七字語，期以自娛；不獨敍其所懷，兼寫一時杯酒間聞見所同游者意中事。」其詞多抒離合悲歡之感，而技術特高；黃庭堅稱其「嬉弄於樂府之餘，而寓以詩人之句法，淸壯頓挫，能動搖人心；…可謂狹邪之大雅，豪士之鼓吹，其合者高唐洛神之流，其下者豈減桃葉團扇？」（小山詞序）不爲溢美矣。玆錄二闋如下：

臨江仙：

夢後樓臺高鎖酒醒簾幕低垂，去年春恨卻來時。落花人獨立，微雨燕雙飛。 記得小蘋初見，兩重心字羅衣，琵琶絃上說相思。當時明月在，曾照彩雲歸。

生查子：

墜雨已辭雲，流水難歸浦。遺恨幾時休？心抵秋蓮苦。 忍淚不能歌，試託哀絃語。絃語願相逢，知有相逢否？

小山詞意格之高超，結構之精密，信為令詞中之上乘；令詞之發展，至此遂達最高峯；後有作者，不復能出其範圍矣。

北宋初年，小令盛行於士大夫間，而教坊樂工，乃極意於慢曲；慢詞日盛，而小令漸衰。歐晏當新舊遞嬗之交，雖專精於小令，而漸用較長之調，以應歌者之需求。殊雖不曾道「鍼綫慵拈伴伊坐」（書墁錄引殊答柳永語）而所作山亭柳：

家住西秦，賭薄藝隨身。花柳上，鬬尖新。偶學念奴聲調，有時高遏行雲。蜀錦纏頭無數，不負辛勤。 數年來往咸京道，殘杯冷炙謾銷魂。衷腸事，託何人？若有知音見采，不辭徧唱陽春。一曲當筵落淚，重掩羅巾。

與其小令之含婉不露者，風致自殊；其爲適應歌者之要求，可以想見。六一詞中所有鄙褻之作，亦長調爲多。意當時士大夫間，與倡樓酒館，歌詞需要，雅俗不同；修以游戲出之，不必悉爲小人僞造也。

第八章　慢詞之發展

慢曲之爲文人注意，實始於柳永。（字耆卿，初名三變，崇安人。）南宋吳曾云：「詞自南唐以來，但有小令。慢曲當起於宋仁宗朝，中原息兵，汴京繁庶，歌臺舞席，競賭新聲。耆卿失意無俚，流連坊曲；遂盡收俚俗語言，編入詞中，以便伎人傳習。一時動聽，散播四方。其後東坡、少游、山谷等相繼有作，慢詞遂盛。」（能改齋漫錄）世之言詞學者，遂以永爲長調之「開山」，而雲謠集雜曲子，中唐人已有長調；特皆出於民間之無名作者，恆爲士大夫所鄙夷，必待永之「日與儇子縱游倡館酒樓間，無復檢約」（藝苑雌黃）者，始肯低首下心爲之製作，故發展稍遲耳。

宋史樂志稱：「宋初置教坊，得江南樂，已汰其坐部不用。自後因舊曲創新聲，轉加流麗。」柳詞依此種新聲而作，樂章一集，長調爲多。葉夢得稱：「永爲舉子時，多游狹邪，善爲歌詞。教坊樂工，每得新腔，必求永爲辭，始行於世。」（避暑錄話）陳師道亦言：「三變游東都南北二巷，作新樂府，骫骳從俗，天下詠之。」（后山詩話）永對慢詞創作之多，蓋應樂工歌妓之請；而擴張詞體，遂爲詞壇別開廣大法門；雖內容「大概非羈旅窮愁之詞，則閨門淫媟之語，」（藝苑雌黃）不足引以爲病也。

柳詞既多應歌之作，爲迎合倡家心理，不得不雜以「俚俗語言」。黃昇稱「耆卿長於纖豔之詞，」（唐宋諸賢絕妙詞選）實出當時需要。例如晝夜樂之下闋：

洞房飲散簾幃靜，擁香衾歡心稱。金鑪麝裊青煙，鳳帳燭搖紅影。無限狂心乘酒興，這歡娛漸入嘉景。猶自怨鄰雞，道秋宵不永。

此類作品，在樂章集中佔最多數；其流傳之廣，所謂「凡有井水處，必能歌柳詞」（避暑錄話）者，必爲此類之作無疑。然柳詞勝處，固不在此。其述羈旅行役之感，於「鋪敍展衍」中，有縱橫排宕之致，具見筆力。例如戚氏：

晚秋天，一霎微雨灑庭軒。檻菊蕭疏，井梧零亂惹殘煙。淒然，望江關，飛雲黯淡夕陽閒。當時宋玉悲感，向此臨水與登山。遠道迢遞，行人淒楚，倦聽隴水潺湲。正蟬吟敗葉，蛩響衰草，相應喧喧。孤館度日如年。風露漸變，悄悄至更闌。長天淨，絳河清淺，皓月嬋娟。思緜緜，夜永對景，那堪屈指暗想從前未名未祿，綺陌紅樓，往往經歲遷延。　帝里風光好，當年少日，暮宴朝歡。況有狂朋怪侶，遇當歌對酒競留連。別來迅景如梭，舊遊似夢，煙水程何限？念利名憔悴長縈絆，追往事空慘愁顏。漏箭移稍覺輕寒，漸嗚咽晝角數聲殘。對閒窗畔，停燈向曉，抱影無眠。

直將作者個性及其生活狀況，充分表現於字裏行間。以二百十二字之歌詞，兼寫景、抒情、述事，頗似杜甫作歌行手段；其體勢之開拓，實亦下啓東坡；又不獨八聲甘州之「霜風淒緊，關河冷落，殘照當樓，」爲「不減唐人高處」（侯鯖錄引東坡說）而已。

與永並稱而亦常作慢詞者，有張先。（字子野，烏程人。）晁无咎云：「子野與耆卿齊名，而時以子野不及耆卿。然子野韻高，是耆卿所乏處。」（詞林紀事引）先以天仙子一詞負盛譽，宋祁至呼爲「雲破月來花弄影郎中。」（古今詞話）所作慢詞，質與量皆遠不及永之豐富；然其人極爲蘇軾所推重，謂：「子野詩筆老妙，歌詞乃其餘波耳。」（張子野詞跋）陳師道稱：「張子野老於杭，多爲官伎作詞；」（后山詩話）是其詞亦多應歌之作，與永同爲依新聲而創製。其長調以謝池春慢爲最著，題爲「玉仙觀道中逢謝媚卿」云：

繚牆重院，時聞有啼鶯到。繡被掩餘寒，畫幕明新曉。朱檻連空闊，飛絮知多少？徑莎平，池水渺。日長風靜，花影閒相照。　塵香拂馬，逢謝女城南道。秀豔過施粉，多媚生輕笑。鬭色鮮衣薄，碾玉雙蟬小。歡難偶，春過了。琵琶流怨，都入相思調。

此外長調尚有山亭宴慢、卜算子慢、喜朝天、破陣樂、傾杯、熙州慢等十數闋，大抵皆清代周濟所謂：「只是偏才，無大起落」（介存齋論詞雜著）者也。

宋史樂志以「慢曲」與「急曲」對舉，而後世悉以詞中之長調爲慢詞，推張、柳二家爲創作慢詞之祖。然長調是否悉爲「慢曲」，「慢曲」尚有疑問；特慢詞之創作，在文人則張柳實開風氣之先，要爲不可掩之事實耳。

第九章　詞體之解放

自柳永多作慢詞，恢張詞體，疆域日廣，其所容納之資料，遂亦日見豐富。惟在永爲應教坊樂工之要求，倚曲製詞，勢必求諧音律，不能無所拘制；且爲迎合羣衆心理，不得不側重於兒女之情，「骫骳從俗，」以取悅於當世；而體勢既經拓展，曲調又極流行，高尙文人，亦多嫻習；乃有感於此種新興體製之可以應用無方，而僅言兒女私情，不足以饜知識階級之慾望；於是內容之擴大，相挾促進詞體，以入於解放之途；而蘇軾以橫放傑出之才，遂爲詞壇別開宗派；此詞學史上之劇變，亦卽詞體所以能歷久常新之故也。

胡寅嘗稱：「詞曲者古樂府之末造；然文章豪放之士，鮮不寄意於此者，隨亦自掃其跡，曰浪謔遊戲而已。柳耆卿後出，掩衆製而盡其妙，好之者以爲不可復加。及眉山蘇氏，一洗綺羅香澤之態，擺脫綢繆宛轉之度，使人登高望遠，舉首高歌，而逸懷浩氣，超然乎塵垢之外；於是花間爲皁隸，而柳氏爲與臺矣。」（酒邊詞序）以嚴肅態度塡詞，而提高詞在文學上之地位，一洗士大夫卑視詞體之心理，實自軾發之。王灼云「東坡先生，非心醉於音律者；偶爾作歌，指出向上一路，新天下耳目，弄筆者始知自振」（碧雞漫志）可謂深知蘇詞價值之所在者矣。

軾以才情學問爲詞，晁補之所謂「橫放傑出，自是曲子內縛不住者。」由是而傷今懷古，說理談禪，並得以詞表之，體用遂益宏大。東坡詞全部風格，王鵬運以「淸雄」二字當之；（說詳詞林攷鑒）然亦隨年齡環境爲轉移，大約以中年官徐州，及謫貶黃州數年中所作爲最勝。例如：

永遇樂：

明月如霜，好風如水，淸景無限。曲港跳魚，圓荷瀉露，寂寞無人見。紞如三鼓，鏗然一葉，黯黯夢雲驚斷。夜茫茫，重尋無處，覺來小園行徧。　天涯倦客，山中歸路，望斷故園心眼。燕子樓空，佳人何在，空鎖樓中燕。古今如夢，何曾夢覺，但有舊歡新怨。異時對，黃樓夜景，爲余浩歎。（徐州作）

臨江仙：

夜飲東坡醒復醉，歸來髣髴三更。家童鼻息已雷鳴。敲門都不應，倚杖聽江聲。　長恨此身非我有，何時忘卻營營？夜闌風靜縠紋平。小舟從此逝，江海寄餘生。（黃州作）

以及洞仙歌「冰肌玉骨」念奴嬌「大江東去」卜算子「缺月挂疏桐」諸闋，皆此一時期作品也。

自軾解放詞體，而作者個性，始充分表現於詞中；其特徵則調外有題，不必全諧音律。聞軾風而起者，有黃庭堅、晁補之、葉夢得（字少蘊，吳縣人。）向子諲（字伯恭，臨江人。）陳與義、辛棄疾（字幼安，歷城人。）諸人。元好問稱：「坡以來，山谷、晁無咎、陳去非、辛幼安諸公，俱以歌詞取稱，吟詠情性，留連光景，清壯頓挫，能起人妙思；亦有語意拙直，不自緣飾，因病成妍者，皆自坡發之。」（遺山文集新軒樂府序）辛為南宋大家，後當別論；葉、向、陳雖入南渡，而詞派純出東坡；近人朱孝臧嘗稱：「學東坡得眞髓者，惟葉少蘊一人。」茲幷黃晁二家，附述於下：

黃晁二家，皆東坡門下士。王灼稱：「晁無咎、黃魯直皆學東坡，韻製得七八；黃晚年（案當作早年）閒放於狹邪，故有少疎蕩處。」（碧雞漫志）黃與秦觀並稱「秦七黃九」，（后山詩話）而作風迥不相同。庭堅少作多豔詞，且雜方言俚語，實於柳永爲近；晚年始步趨蘇氏，間以禪理入詞；又如檃括醉翁亭記爲瑞鶴仙，叶韻處全用「也」字，下開南宋稼軒一派詭異之風。補之嘗言：「魯直間作小詞固高妙，然不是當行家語，自是著腔子唱好詩」（直齋書錄解題引）亦就其作品之近東坡者言也。茲舉鷓鴣天（答史應之）一闋爲例：

黃菊枝頭生曉寒，人生莫放酒杯乾。風前橫笛斜吹雨，醉裏簪花倒著冠。 身健在，且加餐，舞裙歌板盡清歡。黃花白髮相牽挽，付與時人冷眼看。

補之詞坦易之懷，磊落之氣，確是東坡「法乳」。近人馮煦謂：「旡咎無子瞻之高華，而沈咽則過之。」（宋六十一家詞選序例）其作品最爲世所稱誦者，無過摸魚兒「東皋寓居」一闋：

買陂塘、旋栽楊柳，依稀淮岸江浦。東皋嘉雨新痕漲，沙觜鷺來鷗聚。堪愛處，最好是、一川夜月光流渚。無人獨舞。任翠幕張天，柔茵藉地，酒盡未能去。 青綾被、莫憶金閨故步，儒冠曾把身誤。弓刀千騎成何事？荒了邵平瓜圃。君試覷，滿青鏡星星，鬢影今如許！功名浪語。便似得班超，封侯萬里，歸計恐遲暮。

波瀾壯闊，下啓稼軒。晁、辛皆山東人，同具豪放之氣，而補之繼往開來之功，爲不可沒矣。

夢得爲紹聖四年進士，宜亦及見東坡。關注序其石林詞，謂「晚歲落其華而實之，能於簡淡時出雄傑，合處不減靖節東坡之妙，豈近世樂府之流？」其代表作如水調歌頭：

霜降碧天凈，秋事促西風。寒聲隱地，初聽中夜入梧桐。起瞰高城四顧，寥落關河千里，一醉與君同。疊鼓鬧淸曉，飛騎引雕弓。 歲將晚，客爭笑，問衰翁平生豪氣安在？走馬爲誰雄？何似當筵虎士，揮手絃聲響處，雙雁落遙空。老矣眞堪惜，回首望雲中。

在東坡以前，塡詞者類爲娛賓遣興，應用之途至狹。至東坡乃悍然不顧一切，借其體而解縱之，以建立「詩人之詞」。同時如陳師道嘗譏：「子瞻以詩爲詞，如教坊雷大使之舞，雖極天下之工，要非本色」（后山詩話）而王安石桂枝香一曲，則頗引東坡爲同調。安石非專力於詞者，不足以壯陣容；東坡特自行其是，別開疆域；亦恃其才名足以凌駕當時豪俊，故能嘗試成功耳。既得黃晁二家，爲之輔翼，夢得更延一綫；下逮南宋，向子諲以理學名臣，陳與義以一代詩家，助其張目；遂蔚成風氣，廣被於南北各方矣。

第十章　正宗詞派之建立

自蘇軾與柳永分道揚鑣，而詞家遂有「別派」「當行」之目；後來更分「婉約」「豪放」二派，而認「婉約」者爲正宗。李清照論詞，謂：「別是一家，知之者少。後晏叔原、賀方回、秦少游、黃魯直出，始能知之。又晏苦無鋪敍，賀苦少典重；秦則專主情致而少故實，譬如貧家美女，非不妍麗而終乏富貴；黃卽尚故實而多疵病，如良玉有瑕，價自減半。」（苕溪漁隱叢話引）此論詞者所以有「當行」之說也。又其譏柳永則曰：「雖協音律，而詞語塵下」；對晏殊、歐陽修、蘇軾則曰：「皆句讀不葺之詩爾，又往往不協音律。」由此以言，則所謂正宗派，必須全協音律，而又不可「詞語塵下」；此秦、賀諸家之所以爲「當行」也。晏、黃業見前章；其建立正宗詞派者，當自秦、賀二家始，而周邦彥實集其成。

秦觀（字少游，揚州高郵人。）少豪雋，慷慨溢於文詞，（宋史文苑傳）而其詞特以「婉約」

稱，初亦頗受柳永影響。葉夢得云：「少游亦善爲樂府，語工而入律，知樂者謂之作家；元豐間，盛行於淮楚。蘇子瞻于四學士中最善少游；故他文未嘗不極口稱善豈特樂府？然猶以氣格爲病；故嘗戲云：『山抹微雲秦學士露華倒影柳屯田。』『露華倒影』柳永破陣樂語也。」（避暑錄話）秦詞應歌之作，有近似柳、黄二家者；而其出色當行，情景交鍊處，則多深婉不迫之趣，迥絕時流。例如八六子：

倚危亭，恨如芳草，萋萋剗盡還生。念柳外青驄別後，水邊紅袂分時，愴然暗驚。無端天與娉婷，夜月一簾幽夢，春風十里柔情。怎奈向、歡娛漸隨流水，素絃聲斷，翠綃香減，那堪片片飛花弄晚，濛濛殘雨籠晴。正銷凝，黄鸝又啼數聲。

傷離念遠之情，描寫達於聖境。迨坐黨籍，謫貶南遷，詞格遂由温婉而入於淒咽。例如阮郎歸郴州作：

湘天風雨破寒初，深沈庭院虛。麗譙吹罷小單于，迢迢清夜徂。　鄉夢斷，旅魂孤，崢嶸歲又除。衡陽猶有雁傳書，郴陽和雁無！

純爲哀婉之音。其在衡陽作千秋歲一詞，尤爲蘇、黄所激賞。要之觀以環境關係，晚年稍變作風；而其衣被詞人，則仍在以「婉約」爲正宗派「開山作祖」也。

賀鑄（字方回，山陰人。）喜劇談天下事，可否不略少假借，人以爲近俠。然博學強記，工語言，深婉麗密，如比組繡；尤長於度曲，掇拾人所遺棄，少加檃括，皆爲新奇。嘗言「吾筆端驅使李商隱、溫庭筠，當奔命不暇。」（葉夢得建康集賀鑄傳）張耒序其東山樂府云：「余友賀方回，博學業文，而樂府之詞，高絕一世，攜一編示余，大抵倚聲而爲之詞，皆可歌也。」鑄以青玉案「梅子黃時雨」一語負盛名，時謂之「賀梅子」。王灼以鑄與周邦彥並稱，謂「賀六州歌頭、望湘人、吳音子諸曲，周大酺、蘭陵王諸曲最奇崛。」（碧雞漫志）鑄詞有以「奇崛」勝者，然以近於「婉約」一派者爲多；特以健筆寫柔情，又與秦觀異趣耳。例如伴雲來：（卽天香）

烟絡橫林，山沈遠照，邐迤黃昏鐘鼓。燭映簾櫳，蛩催機杼，共苦清秋風露。不眠思婦，齊聲和幾聲砧杵。驚動天涯倦宦，駸駸歲華行暮。　當年酒狂自負，謂東君以春相付。流浪征驂北道，客檣南浦，幽恨無人晤語。賴明月曾知舊游處，好伴雲來，還將夢去。

其小令於二晏之外，又別具風格，時近南朝樂府。例如陌上郎：（卽生查子）

西津海鶻舟，徑度滄江雨。雙艣本無情，鴉軋如人語。　揮金陌上郎，化石山頭婦。何物繫君心？

三歲扶牀女。

周邦彥（字美成，自號淸眞居士，錢塘人）以獻汴都賦知名。徽宗置大晟樂府，命邦彥作提舉官，而製撰官又有万俟詠（字雅言，自號大梁詞隱）等，相與「討論古音，審定古調。淪落之後，少得存者；由是八十四調之聲稍傳；而美成諸人又復增演慢曲、引、近，或移宮換羽，爲三犯、四犯之曲，按月律爲之，其曲遂繁。」（張炎詞源）宋史亦稱：「邦彥好音樂，能自度曲。」（文苑傳）其詞以健筆寫柔情，承賀氏之風而發揚光大之，更多創調。近人王國維謂：「讀其詞者猶覺拗怒之中，自饒和婉；曼聲促節，繁會相宣，淸濁抑揚，轆轤交往，兩宋之間，一人而已。」（淸眞先生遺事）音律與詞情兼美，淸眞實集詞學之大成，宜後世之奉爲正宗也。其代表作如六醜「薔薇謝後作」：

正單衣試酒，悵客裏光陰虛擲。願春暫留，春歸如過翼，一去無迹。爲問家何在？夜來風雨，葬楚宮傾國。釵鈿墮處遺香澤。亂點桃蹊，輕翻柳陌，多情更誰追惜？但蜂媒蝶使，時叩窗隔。 東園岑寂，漸蒙籠暗碧。靜遶珍叢底，成歎息。長條故惹行客，似牽衣待話，別情無極。殘英小，強簪巾幘。終不似，一朵釵頭顫裊，向人欹側。漂流處，莫趁潮汐。恐斷紅尚有相思字，何由見得？

千迴百折，令人玩味無窮；法度謹嚴，尤足示人矩矱。沈伯時謂：「作詞當以清眞爲主。蓋清眞最爲知音，且無一點市井氣；下字運意，皆有法度，往往自唐宋諸賢詩句中來，而不用經史中生硬字面。」（樂府指迷）所謂正宗詞派之標準如此，此清眞詞之所以爲當行出色者歟？

詞家所謂「當行」之作，除上述三家外，其在北宋，尙有趙令時、（字德麟，宋宗室。）晁端禮、（字次膺，其先澶州清豐人，徙家彭門。）李之儀、（字端叔，滄州無棣人。）毛滂（字澤民，衢州人。）之徒，並以詞著稱一時，風格與秦、周一派爲近。令時作商調蝶戀花十首，詠會眞記事，開後來歌劇之風。端禮以鴨頭綠一詞負盛名，作風殊清婉；其人曾官大晟府協律，又作黃河清慢，「偉男髫女皆爭唱之。」（鐵圍山叢談）之儀姑溪一集，風調在片玉、漱玉之間；（毛晉說）其卜算子詞，直是古樂府俊語，又與賀鑄爲近。其詞如下：

我住長江頭，君住長江尾。日日思君不見君，共飮長江水。　此水幾時休？此恨何時已？只願君心似我心，定不負相思意。

毛滂以惜分飛詞著名，其結句云：「今夜山深處，斷魂分付潮來去。」周煇所稱：「語盡而意不盡，意盡而情不盡」者是也。自趙令畤以下四家，皆與東坡或其門人往還至密；而詞格則絕不受東坡影響；知當時所重固在「當行」作家矣。

收北宋「當行」詞家之局，而以「婉約」著稱者，為女詞人李清照。（號易安居士，濟南人，格非女，諸城趙明誠妻。）張端義極稱其聲聲慢詞，連下十四疊字，謂為「公孫大娘舞劍器手」（貴耳集）近人沈曾植又謂：「易安跌宕昭彰，氣調極類少游，刻摯且兼山谷。」（菌閣瑣談）要其當行本色，固秦、賀之流亞也。茲錄浣溪沙一闋為例：

髻子傷春懶更梳，晚風庭院落梅初，淡雲來往月疏疏。　玉鴨熏鑪閒瑞腦，朱櫻斗帳掩流蘇，通犀還解辟寒無？

第十一章　民族詞人之興起

自金兵南侵，二帝北狩，汴京歌舞，散爲雲煙，大晟遺聲，同歸歇絕；而一時富於民族思想之士，憤「金甌」之乍缺，傷「左衽」之堪羞，莫不慷慨激昂，各抱收復失地之雄心，藉抒「直搗黃龍」之蓄念；而高宗誤信讒佞，不惜靦顏事仇，逼處臨安，以度其「小朝廷」生活；坐令士氣消沮，一蹶而不可復興。志士仁人，內蔽於國賊，外迫於強寇，滿腔忠憤，無所發抒；於是乃藉「橫放傑出」之歌詞，以一洩其抑塞磊落不平之氣，悲歌當哭，鬱勃蒼涼。自南渡以迄於宋亡，此一系之作者，緜緜不絕；此詞體解放後之產物，爲民族生色不少也。

南渡初期作家，如張元幹、（字仲宗，長樂人。）張孝祥、（字安國，歷陽烏江人。）韓元吉、（字无咎，許昌人。）辛棄疾、（字幼安，號稼軒，歷城人。）陸游、陳亮、（字同甫，婺州永康人。）劉過（字改之，號龍洲道人，吉州太和人。）之倫，並有關懷家國，表現民族精神之作品，而辛棄疾爲之魁。其在當時名將，則岳飛（字鵬舉，相州湯陰人。）之滿江紅一闋，最爲世所傳誦，亦稼軒一派之先聲也。其詞如下：

怒髮衝冠，憑闌處、瀟瀟雨歇。擡望眼、仰天長嘯，壯懷激烈。三十功名塵與土，八千里路雲和月。莫等閒，白了少年頭，空悲切。　靖康恥，猶未雪。臣子憾，何時滅？駕長車踏破，賀蘭山缺。壯志飢餐胡虜肉，笑談渴飲匈奴血。待從頭、收拾舊山河，朝天闕。

棄疾年二十三，決策南向，屢官至湖南安撫使，鍊飛虎營，慨然以恢復中原爲己任；（事詳宋史本傳）性豪爽，尙氣節，識拔英俊。既阻於邪議，志不克伸，乃一發之於詞。劉辰翁稱其「橫豎爛漫，乃如禪宗棒喝，頭頭皆是；又如悲笳萬鼓。」又謂：「斯人北來，喑嗚鷙悍，欲何爲者？而讒擯銷沮，白髮橫生，亦如劉越石陷絕失望，花時中酒，託之陶寫，淋漓慷慨，此意何可復道？」（須溪集稼軒詞序）稼軒詞之精神所寄，卽在其悲壯襟懷，充分表現於長短句中。劉克莊稱：「公所作大聲鏜鎝，小聲鏗鍧，橫絕六合，掃空萬古。」（後邨詩話）其晚年退居江西之作，雖力求閒淡，且以「明白如話」出之，而「老驥伏櫪，壯心未已，」一種鬱勃蒼莽之氣，猶躍然楮墨間。其代表作如摸魚兒「淳熙己亥，自

湖北漕移湖南，同官王正之置酒小山亭，為賦：「

更能消、幾番風雨？匆匆春又歸去！惜春長怕花開早，何況落紅無數？春且住，見說道、天涯芳草無歸路。怨春不語。算只有殷勤，畫簾蛛網，盡日惹飛絮。 長門事，準擬佳期又誤！蛾眉曾有人妒。千金縱買相如賦，脈脈此情誰訴？君莫舞，君不見，玉環飛燕皆塵土。閑愁最苦。休去倚危闌，斜陽正在，煙柳斷腸處！」

張元幹以送胡邦衡、（銓）李伯紀（綱）詞獲罪。其送胡賀新郎，有「夢繞神州路，悵秋風連營鼓角，故宮離黍。底事崑崙傾砥柱？九地黃流亂注，聚萬落千村狐兔」之語；其感時憂國之懷抱，可於絃外得之。

張孝祥詞駿發踔厲，寓以詩人句法。其在建康留守席上所賦六州歌頭一曲，尤為慷慨激昂；今日讀之，尚有餘痛。迻錄如下：

長淮望斷，關塞莽然平。征塵暗，霜風勁，悄邊聲，黯銷凝。追想當年事，殆天數，非人力，洙泗上，絃歌地，亦羶腥。隔水氈鄉，落日牛羊下，區脫縱橫。看名王宵獵，騎火一川明，笳鼓悲鳴，遣人驚。

念腰間箭，匣中劍，空埃蠹，竟何成？時易失，心徒壯，歲將零。渺神京，干羽方懷遠，靜烽燧，且休兵。冠蓋使，紛馳騖，若爲情。聞道中原遺老，常南望翠葆霓旌。使行人到此，忠憤氣塡膺，有淚如傾。

韓元吉、陳亮、劉過並與稼軒交遊，引爲同調；詞格雖遠不逮辛氏，要亦具有壯烈懷抱者也。陸游號稱「愛國詩人」，間作小詞，聲情激壯。例如夜游宮：

雪曉淸笳亂起，夢游處，不知何地？鐵騎無聲望似水。想關河，雁門西，青海際。　睡覺寒燈裏，漏聲斷，月斜牕紙。自許封侯在萬里。有誰知？鬢雖殘，心未死。

南宋偏安既久，故老凋零，悲壯之音，漸見銷歇。逮乎末季，復有劉克莊、（字潛夫，號後村，莆田人。）劉辰翁（字會孟，廬陵人）二大家，皆醉心於稼軒者。克莊詞於豪邁中具有家國之感，足予銷沈放任之士習以極大教訓。例如玉樓春「戲林推」：

年年躍馬長安市，客舍似家家似寄。青錢換酒日無何，紅燭呼盧宵不寐。　易挑錦婦機中字，難得玉人心下事。男兒西北有神州，莫滴水西橋畔淚。

辰翁身經亡國之痛，寄其悲憤於「倚聲。」其摸魚兒「酒邊留同年徐雲屋」詞，有「東風似舊，問前度桃花，劉郎能記，花復認郎否？」之句；湖山易主，血淚同流；視稼軒之「煙柳斜陽，」同其哀怨。近人況周頤謂：「須溪詞多眞率語，滿心而發，不假追琢，有掉臂游行之樂。其詞筆多用中鋒，風格遒上，略與稼軒旗鼓相當。」（餐櫻廡詞話）辛劉詞格略同，特劉多亡國哀思之音耳。

南宋民族詞人，除上述諸家外，如朱敦儒（字希眞，洛陽人。）相見歡之「中原亂，簪纓散，幾時收？試倩悲風吹淚過揚州；」劉仙倫（字叔儗，廬陵人。）念奴嬌之「勿謂時平無事也，便以言兵爲諱，眼底關河，樓頭鼓角，都是英雄淚；」陳經國（潮州人。）沁園春之「平戎策就，虎豹當關，渠自無謀，事猶可做，更剔殘燈抽劍看；」方岳（字巨山，號秋崖，祁門人。）水調歌頭之「莫倚闌干北，天際是神州；」李演（字廣翁，號秋堂。）賀新郎之「落落東南牆一角，誰護河山萬里？」（以上參考陳廷焯白雨齋詞話）文天祥（字宋瑞，號文山，吉安人。）大江東去之「銅雀春情，金人秋淚，此恨憑誰雪？」凡茲所列，無不悲憤蒼涼，饒有激壯之音，足見人心未死。此在詞家爲「別派，」而生氣凜然；誰謂詞體脫離音樂，即失其活動性哉？

第十二章　南宋詞之典雅化

清代朱彝尊論詞謂：「至南宋始極其工，至宋季而始極其變。」（詞綜發凡）又言：「詞莫善於姜夔；宗之者張輯、盧祖皋、史達祖、吳文英、蔣捷、王沂孫、張炎、周密、陳允平、張翥、楊基，皆具夔之一體。」（黑蝶齋詞序）張翥楊基為元明人，餘並為南宋之所謂正統詞派，而以「醇雅」為歸者也。

宋室南渡，大晟遺譜莫傳；於是音律之講求，與歌曲之傳習，不屬之樂工歌妓，而屬之文人與貴族所蓄之家姬；向之歌詞為雅俗所共獲聽者，至此乃為貴族文人之特殊階級所獨享；故於辭句務崇典雅，音律益究精微；此南宋詞之所以為「深」，而與北宋殊其歸趣者也。

南宋偏安之局既定，士習苟安，時或放意聲歌，藉以「亂思遺老。」是時臨安方面，則有張鎡（字功甫，號約齋，俊孫。）極聲伎之盛；浩然齋雅談曾記陸游會飲於鎡之南湖園，酒酣，主人出小姬新桃者歌自製曲以侑尊。蘇州方面，則有范成大，亦家蓄聲伎。硯北雜志稱：「堯章（姜夔）製暗香、疏影兩曲，公（成大）使二妓肄習之，音節清婉。堯章歸吳興，公尋以小紅贈之。」張、范二家以園亭聲伎馳譽蘇、杭，一時名士大夫競相趨附。紫桃軒雜綴又稱：「功甫豪侈而有清尚，嘗來吾郡海鹽，作園亭自恣，令歌兒衍曲，務爲新聲，所謂海鹽腔也。」南宋聲曲產生之地，旣屬私家，其人又儒雅風流，故宜與教坊樂工異其好尚。姜、張詞派之歸於「醇雅」，此其重大原因也。

姜夔（字堯章，自號白石道人，鄱陽人）生於饒，長於沔，流寓於湖，往來於蘇、杭之間，與鎡、成大並爲文字友。張羽稱其「通陰陽律呂，古今南北樂部，凡管絃雜調，皆能以詞譜其音。」（白石道人傳）夔亦自言：「予頗喜自製曲，初率意爲長短句，然後協以律，故前後闋多不同。」（長亭怨慢）夔以詞家兼精音律，特多創調；其音節之諧婉，與詞筆之清空，視北宋秦、周諸家，又自別闢境界。張炎論詞主「清空」，謂：「清空則古雅峭拔；」又稱：「白石詞如暗香、疏影、揚州慢、一萼紅、琵琶仙、探春、八歸、淡黃柳等曲，不惟清空，又且騷雅，讀之使人神觀飛越。」茲錄揚州慢一闋如下：

淮左名都，竹西佳處，解鞍少駐初程。過春風十里，盡薺麥青青。自胡馬窺江去後，廢池喬木，猶厭言兵。漸黃昏清角，吹寒都在空城。 杜郎俊賞，算而今重到須驚。縱豆蔻詞工，青樓夢好，難賦深情。二十四橋仍在，波心蕩冷月無聲。念橋邊紅藥，年年知爲誰生？

此詞洵可以「清空騷雅」四字當之。至暗香、疏影二闋，最爲世所稱道；而多用故實，反令人莫測其旨意所在；此吾國文人之慣技，亦過崇典雅者之通病也。

汪森爲詞綜作序，謂：「鄱陽姜夔出，句琢字鍊，歸於醇雅；於是史達祖、高觀國羽翼之。」達祖（字邦卿，汴人。）惟工詠物，別詳下章。張炎以觀國（字賓王，山陰人。）與姜、史及吳文英（字君特，號夢窗，四明人。）並稱，謂其「格調不凡，句法挺異，俱能特立清新之意，刪削靡曼之詞，自成一家。」（詞源）張輯、（字宗瑞，號東澤，鄱陽人。）盧祖皋、（字申之，號蒲江，永嘉人。）雖與白石同調，而無甚獨到處；盧較眞力彌滿耳。典雅詞派之中堅人物，不得不推吳文英。

與文英同時之尹煥，（字惟曉，號梅津，山陰人。）卽極推重吳詞，謂：「求詞於吾宋，前有清眞，後有夢窗，此非煥之言，天下之公言也。」（絕妙好詞箋）而張炎則持反對之說，謂：「詞要清空，不要質實；質實則凝澀晦昧。吳夢窗詞，如七寶樓臺，眩人眼目，碎拆下來，不成片段。」（詞源）夢窗之於白石，雖境界不同，而風氣所趨，並崇典雅；詞家之典雅派，亦至夢窗始正式建立。沈義父述其曾與夢窗講論作詞之法，而爲之說云：「音律欲其協，不協則成長短之詩；下字欲其雅，不雅則近乎纏令之體；用字不可太露，露則直突而無深長之味；發意不可太高，高則狂怪而失柔婉之意；」（樂府指迷）此南宋典雅詞派之最高標準也。義父又言：「夢窗深得淸眞之妙，其失在用事下語太晦處，人不可曉。」（樂府指迷）後之論吳詞者，毀譽參半；要其造語奇麗，而能以疏宕沈著之筆出之，其虛實兼到之作，誠有如周濟所稱「奇思壯采，騰天潛淵」（宋四家詞選序論）者；亦豈容以其有過晦澀處，而一概抹殺之也？茲錄八聲甘州「靈巖陪庾幕諸公游」一闋爲例：

渺空煙四遠，是何年青天墜長星？幻蒼崖雲樹，名娃金屋，殘霸宮城。箭徑酸風射眼，膩水染花腥。時靸雙鴛響，廊葉秋聲。　宮裏吳王沈醉，倩五湖倦客，獨釣醒醒。問蒼波無語，華髮奈山青。水涵空、闌干高處，送亂鴉斜日落漁汀。連呼酒、上琴臺去，秋與雲平。

吳文英後惟王沂孫（字聖與，號碧山，又號中仙，會稽人。）詞格最高；然亦偏工詠物，後當別論。蔣捷（字勝欲，號竹山，宜興人。）詞「洗鍊縝密，語多創獲；」（劉熙載藝概）其「思力沈透處，可以起懦。」（周濟說）陳允平（字君衡，四明人。）詞學周邦彥，有西麓繼周集，不失雅正之音。二家亦典雅派之「附庸」也。

周密、（字公謹，號草窗，濟南人，流寓吳興。）張炎、（字叔夏，號玉田，又號樂笑翁，俊五世孫，家臨安。）爲南宋典雅詞派之後勁。二人並經亡國之痛，時有哀怨之音。密著作甚富，或與吳文英合稱「二窗」。周濟稱其詞「敲金戛玉，嚼雪盥花，新妙無與爲匹」；（介存齋論詞雜著）又謂：「草窗最近夢窗；但夢窗思沈力厚，草窗則貌合耳。若其鏤新鬭冶，固自絕倫。」（宋四家詞選）茲錄曲游春一闋如下：

禁苑東風外，颺暖絲晴絮，春思如織。燕約鶯期，惱芳情偏在，深翠紅隙。漠漠香塵隔，沸十里亂絃叢笛。看畫船盡入西泠，閒卻半湖春色。　柳陌，新煙凝碧。映簾底宮眉，隄上游勒。輕暝籠寒，怕梨雲夢冷，杏香愁冪。歌管酬寒食，奈蝶怨良宵岑寂。正滿湖碎月搖花，怎生去得？

張炎爲詞學專家，所著詞源，論律呂宮調與作詞之法甚備。其父樞（字斗南，號寄閒老人。）曉暢音律。炎承家學，作詞持律甚嚴；嘗稱：「先人每作一詞，必使歌者按之，稍有不協，隨卽改正。」（詞源）又極稱楊纘（字繼翁，號守齋，又號紫霞翁，嚴陵人。）「精於琴，故深知音律，一字不苟作。」炎受其父及楊氏之薰陶，乃極端主張「詞以協音爲先」，至不惜犧牲詞意以就音譜；又特注重句法、字面；近人胡適遂有「詞匠」之譏。（詞選序）然其論詞主「清空騷雅」，爲典雅派作之矩矱，其影響於詞苑者至深。其自爲詞，則仇遠所謂：「意度超玄，律呂協洽，不特可寫音檀口，亦可被歌管，薦清廟；方之古人，當與白石老仙相鼓吹」（山中白雲詞跋）者；可想見其風格。茲錄高陽臺「西湖春感」一闋如下：

接葉巢鶯，平波捲絮，斷橋斜日歸船。能幾番游？看花又是明年。東風且伴薔薇住，到薔薇春已堪憐。更淒然，萬綠西泠，一抹荒煙。　當年燕子知何處？但苔深韋曲，草暗斜川。見說新愁，如今也到鷗邊。無心再續笙歌夢，掩重門淺醉閒眠。莫開簾，怕見飛花，怕聽啼鵑。

第十三章　南宋詠物詞之特盛

詞家之詠物，或「因寄所托」，藉抒身世之感；或「侔色揣稱」，略等「有聲之畫。」其在北宋，作者偶一爲之；如蘇軾水龍吟之詠楊花，晁補之鹽角兒之詠梅，其尤著者也。周濟云：「北宋有無謂之詞以應歌，南宋有無謂之詞以應社。」（介存齋論詞雜著）結合詞人爲社，以鬬靡爭奇較短長於一字一句之間，斯詠物之作尙焉。南宋詞人，湖山燕衎；又往往有達官豪戶，如范成大、張鎡之流，資以聲色之娛，務爲文酒之會；於是以塡詞爲點綴，而技術益精；其初不過文人階級，聊以「遣興娛賓」；相習成風，促進詠物詞之發展；其極則家國興亡之感，亦以詠物出之，有合於詩人比興之義；未可以「玩物喪志」同類而非笑之也。

陸游以卜算子詠梅，其下半闋云：「無意苦爭春，一任羣芳妒。零落成泥碾作塵，只有香如故。」極見作者之高尙人格；而游非詠物專家也。張鎡、姜夔出，詠物之作漸繁。姜作暗香、疏影之詠梅，齊天樂之詠蟋蟀，或謂其寄慨於靖康北狩之恥；鎡作滿庭芳之詠蟋蟀，則繪影繪聲，極「侔色揣稱」之能事。遂錄如次：

月洗高梧，露溥幽草，寶釵樓外秋深。土花沿翠，螢火墜牆陰。靜聽寒聲斷續，微韻轉、淒咽悲沈。爭求侶，殷勤勸織，促破曉機心。 兒時曾記得，呼燈灌穴，斂步隨音。任滿身花影，猶自追尋。攜向華堂戲鬭，亭臺小、籠巧妝金。今休說，從渠牀下，涼夜伴孤吟。

史達祖於鎡爲晚輩，乃專以詠物名家，極爲鎡所稱賞，謂「生之作，辭情俱到，織綃泉底，去塵眼中，妥貼輕圓，特其餘事；有瓌奇警邁清新閑婉之長，而無訑蕩汙淫之失。」（梅溪詞序）夔亦稱其「奇秀清逸，蓋能融情景于一家，會句意于兩得。」（詞林紀事）史詞描摹物態，信極工巧；特無甚寄托耳。代表作如雙雙燕「詠燕」：

過春社了，度簾幕中間，去年塵冷。差池欲住，試入舊巢相並。還相雕梁藻井，又軟語商量不定。飄然快拂花梢，翠尾分開紅影。 芳徑，芹泥雨潤。愛貼地爭飛，競誇輕俊。紅樓歸晚，看足柳昏花暝。應自棲香正穩，便忘了天涯芳信。愁損翠黛雙蛾，日日畫闌獨凭。

集詠物詞之大成，而能提高斯體之地位者，厥惟王沂孫氏。周濟稱其詞「饜心切理，言近旨遠。」（宋四家詞選）又謂：「中仙最多故國之感，故著力不多，地分高絕，所謂意能尊體也。」（論詞雜著）代表作如齊天樂「詠蟬：」

一襟餘恨宮魂斷，年年翠陰庭樹。乍咽涼柯，還移暗葉，重把離愁深訴。西窗過雨。怪瑤珮流空，玉箏調柱。鏡暗妝殘，爲誰嬌鬢尙如許？　銅仙鉛淚似洗。歎移盤去遠，難貯零露。病翼驚秋，枯形閱世，消得斜陽幾度？餘音更苦。甚獨抱淸商，頓成淒楚？謾想薰風，柳絲千萬縷。

吳文英、周密、張炎諸家，皆兼工詠物，而文英尤沈著密麗；南宋詞人之「匠心獨運」處，率以詠物之作爲多也。茲錄文英宴淸都「連理海棠」一闋，以見詠物詞之軌範：

繡幄鴛鴦柱，紅情密，膩雲低護秦樹。芳根兼倚，花梢鈿合，錦屏人妒。東風睡足交枝，正夢枕瑤釵燕股。障灩蠟，滿照歡叢，嫠蟾冷落羞度。　人間萬感幽單，華淸慣浴，春盎風露。連鬟並暖，同心共結，向承恩處。憑誰爲歌長恨？暗殿鎖，秋燈夜語。敍舊期，不負春盟，紅朝翠暮。

此外宋末應社之詞，今尙存樂府補題一卷，計作者有王沂孫、周密、王易簡、馮應瑞、唐藝孫、呂同老、李彭老、李居仁、陳恕可、唐珏、趙汝鈉、張炎、仇遠等十四人，佚名者一人。其題：一爲天香「宛委山房擬賦龍涎香」，二爲水龍吟「浮翠山房擬賦白蓮」，三爲摸魚兒「紫雲山房擬賦蓴」，四爲齊天樂「餘閒書院擬賦蟬」，五爲桂枝香「天柱山房擬賦蟹」；而宛委爲陳恕可別號，紫雲爲呂同老別號，天柱爲王易簡別號；以此知社集由諸人輪流作主，寓「以文會友」之意；而以詠物詞聊抒亡國之哀思，異乎臨安盛日之專以描摹物態爲能事者矣。

第十四章　豪放詞派在金朝之發展

金與南宋時代相同。自吳激（字彥高，米芾婿。）諸人，由南入北，而東坡之學，遂相挾以俱來；其「橫放傑出」之詞風，亦深合北人之性格，發揚滋長，以造成金源一代之詞。辛棄疾更由北而南，為南宋開豪放一派之風氣；其移植之因緣，不可忽也。

近人況周頤論宋金詞人之得失云：「南宋佳詞能渾至，金源佳詞近剛方。宋詞深緻能入骨，如清眞、夢窗是；金詞清勁能樹骨，如蕭閒、（蔡松年）遯庵（段克己）是。南人得江山之秀，北人以冰霜為清；南或失之綺靡，近於雕文刻鏤之技；北或失之荒率，無解深裘大馬之譏。」（蕙風詞話）南北詞風之不同如此，雖由地域之關係，而兩派種子之各為傳播，亦其重大原因也。

金詞略備於元好問所輯之中州樂府。初期作者，以吳激與蔡松年（字伯堅，自號蕭閒老人）為最知名。好問謂：「百年以來，樂府推伯堅與吳彥高，號吳蔡體。」（中州集）吳詞蒼涼激楚，時有故國之思。中州集載其北遷後，爲故宮人賦八月圓詞，足見其詞格之一斑；迻錄如下：

南朝千古傷心地，猶唱後庭花。舊時王謝，堂前燕子，飛向誰家？　恍然一夢，仙肌勝雪，宮髻堆雅。江州司馬，青衫淚溼，同是天涯！

松年兩和東坡念奴嬌「赤壁懷古」詞，風格亦極相近。好問稱：「此歌以『離騷痛飲』爲首句，公樂府中最得意者。」（中州樂府）錄之如下：

離騷痛飲，問人生佳處，能消何物？江左諸人成底事？空想巖巖青壁。五畝蒼煙，一北寒玉，歲晚憂風雪。西州扶病，至今悲感前傑。　我夢卜築蕭閒，覺來巖桂，十里幽香發。磈磊胸中冰與炭，一酌春風都滅。勝日神交，悠然得意，離恨無毫髮。古今同致，永和徒記年月。

黨懷英（字世傑，奉符人）師亳社劉嵒老；濟南辛幼安其同舍生也；（中州集）時稱「辛黨」。二家詞並有骨幹，辛凝勁而黨疏秀，南北分鑣，照映一時。其青玉案云：「痛飲休辭今夕永，與君洗盞，滿襟煩暑，別作高寒境。」以鬆秀之筆，達清勁之氣，倚聲家精詣也。（用況周頤說）

在中州樂府中，尚有王庭筠、（字子端，熊岳人。）完顏璹、（字子瑜，封密國公。）趙秉文、（字周臣，號閑閑，滏陽人。）李獻能、（字欽叔，河中人。）皆一時之傑出者；而獻能意境尤高絕，不亞於稼軒。錄浣溪沙「河中環勝樓感懷」一闋：

垂柳陰陰水拍堤，欲窮遠目望還迷，平蕪盡處暮天低。　萬里中原猶北顧，十年長路卻西歸，倚樓懷抱有誰知？

此外段氏兄弟，（克己字復之，成己字誠之，稷山人。）同有詞名，風格在吳、蔡之間；克己眞摯而成己俊逸；宜趙秉文有「二妙」之目也。

收金詞之局而冠絕諸家者，爲元好問。張炎稱：「遺山詞深于用事，精于鍊句，風流蘊藉處，不減周、秦。」（詞林紀事）然其所慕惟在東坡；徒以「絲竹中年，遭遇國變，卒以抗節不仕，顦顇南冠二十餘稔；神州陸沈之痛，銅駝荊棘之傷，往往寄託於詞。」（蕙風詞話）故其詞「極往復低徊掩抑零亂之致，有骨幹，有氣象，」（況周頤說）置之蘇、辛間，眞堪「鼎足」；信宋金詞苑之殿軍也。茲錄小令長調各一闋：

鷓鴣天：

只近浮名不近情，且看不飲更何成？三杯漸覺紛華近，一斗都澆磈磊平。　醒復醉，醉還醒，靈均憔悴可憐生。離騷讀殺渾無味，好箇詩家阮步兵。

水龍吟「從商帥國器獵於南陽同仲澤鼎玉賦此」

少年射虎名豪，等閒赤羽千夫膳。金鈴錦領，平原千騎，星流電轉。路斷飛潛，霧隨騰沸，長圍高捲。看川空谷靜，旌旗動色，得意似、平生戰。　城月迢迢鼓角，夜如何？軍中高宴。江淮草木，中原狐兔，先聲自遠。蓋世韓彭，可能只辦，尋常鷹犬。問元戎早晚，鳴鞭徑去，解天山箭。

第十五章　南北小令套曲之興起

自南宋歌詞之法式微，而南北曲先後繼起。唐宋以來，有大曲，有轉踏，且歌且舞，漸具戲劇之形式。至金元而有院本，有諸宮調，以次演化為雜劇，為傳奇，有科白，兼歌舞，儼然成為舞臺劇；此當入於中國戲曲史，非本編之所可範圍也。

明王驥德推論南北曲之起源，以為中國樂歌，自古即分南北。（詳曲律總論南北曲）而今之所謂北曲，實始於金至元而極盛。南曲始於何時，未有定說。據祝允明猥談云：「南戲出於宣和之後，南渡之際，謂之溫州雜劇。」（續說郛）其所用曲調，出於唐宋詞者為多，其淵源可攷也。南曲至明代而大行。迨魏良輔創崑腔，而北曲遂廢。明康海論南北曲之流變云：「古曲與詩同。自樂府作，詩與曲始歧而二矣，其實詩之變也。宋元以來，益變益異，遂有南詞北曲之分。然南詞主激越，其變也為流麗；北曲主慷慨，其變也為朴實；惟朴實，故聲有矩度而難借；惟流麗，故唱得宛轉而易調；此二者，詞曲之定分也。」（滸東樂府序）南北曲以淵源之殊致，與音樂上之不同，其差別如此。

元明以來之小令、散套，並依南北曲之聲而作。小令、散套統名「散曲，」又名「樂府，」別稱「清唱；」而散套亦稱「套數，」又名「大令；」小令別有「葉兒」之目；實皆清唱之曲特體製長短微別耳。小令只用一曲，與宋詞略同。套數則合一宮調中諸曲爲一套，與雜劇之一折略同。（王國維說）

魏良輔云：「清唱俗語謂之冷板凳；不比戲借鑼鼓之勢，全要閑雅整肅，清俊溫潤。」（曲律）清李斗亦云：「清唱以笙、笛、鼓、板、三絃爲場面。」（揚州畫舫錄）清唱有時摘取雜劇、傳奇中之一段，省其賓白用之；而散曲之本無場面可言者，恰爲清唱中最主要之資料。其唱而不演，場面清靜，亦與宋人歌詞之藉以「娛賓遣興」者，約略相同。此歌唱方面，詞曲之性質相近者也。

王驥德云：「套數之曲，元人謂之樂府；與古之辭賦，今之時義，同一機軸。有起、有止、有開、有闔；須先定下間架，立下主意，排下曲調，然後遣句，然後成章。切忌湊插，切忌將就；務如常山之蛇，首尾相應；又如鮫人之錦，不著一絲紕纇。意新語俊，字響調圓，增減一調不得，顚倒一調不得。有規、有矩、有色、有聲，衆美具矣。而其妙處政不在聲調之中，而在字句之外。又須煙波渺漫，姿態橫逸，攬之不得，挹之不盡。」（曲律論套數）又云：「作小令與五七言絕句同法，要醞藉，要無襯字，要言簡而趣味無窮。」（論小令）此散曲結構上所應注意者也。

驥德又云：「散曲絕難佳者。北詞載太平樂府、雍熙樂府、詞林摘豔，小令及長套，多有妙絕可喜者。」（曲律雜論）今三書並存。太平樂府爲楊朝英（號澹齋，青城人）所編，全爲元曲。雍熙樂府、詞林摘豔，同出於明嘉靖間，兼收元、明諸家作品，而雍熙樂府搜羅尤富；特不標作者姓氏，爲一大缺點耳。此外元人選元曲之傳世者，尙有楊朝英之陽春白雪，無名氏之樂府羣玉、樂府新聲。由上六書，可以窺見元代及明初散曲流行之盛；而陽春白雪首錄宋、金人詞十首，題爲「大樂」，以別於元人之小令、套數；詞林摘豔，亦間採趙令時、歐陽修、康與之諸家小詞；意此爲宋詞歌譜之僅存於元、明二代者；而詞與散曲之關係，與其源流盛衰之由，亦較然可睹矣。

第十六章　元人散曲之豪放派

散曲之於元代，亦猶兩宋之詞，作者既多，傳唱尤盛。茲略依近人任訥說，分「豪放」「淸麗」兩派述之：

元曲以豪放爲主，一方固由音樂關係，一方則受蘇辛詞派之影響。金、元皆起自北方，而蘇辛詞派，大行於北。後雖詞變爲曲，而遞衍之際，塗轍可循。元虞集嘗云：「辛幼安自北而南，元裕之在金末國初，雖詞多慷慨，而音節則爲中州之正，學者取之。我朝混一以來，朔南暨聲教，士大夫歌詠，必求正聲，凡所製作，皆足以鳴國家氣化之盛。自是北樂府出，一洗東南習俗之陋。」（中原音韻序）北曲通協平仄韻，聲情慷慨，變而爲朴實，以本色語爲多。貫雲石爲楊朝英序陽春白雪云：「蓋士嘗云：『東坡之後，便到稼軒，』茲評甚矣。然而北來徐子芳滑雅，楊西庵平熟，已有知者。近代疎齋媚嫵，如仙女尋春，自然笑傲；馮海粟豪辣灝爛，不斷古今，心事又與疎翁不可同舌共談。關漢卿、庾吉甫、造語妖嬈，適如少美臨杯使人不忍對殢。」窺貫氏之意，固以「豪辣灝爛」一派爲正宗；而「媚嫵妖嬈，」於元曲中又別爲清麗一派；此元人散曲派別之約略可言者也。

楊西庵（名果，字正卿，蒲陰人。）與元好問友善，爲金末元初人。陽春白雪載其賞花時十套，其小令則與好問所作，同見太平樂府中。疑散曲卽起於金源，入元而後，其流始暢耳。錄西庵賞花時一套：

春夜深沈庭院幽，偸訪吹簫鸞鳳友。良月過南樓，昨宵許俺，今夜結綢繆。（么）兩處相思一樣愁，及至相逢卻害羞。只是性兒柔，百般哀告，靦腆不擡頭。（煞尾）你溫柔，咱清秀，本是一對兒風流配偶。咫尺相逢說上手，緊推辭不肯承頭。又不敢久遲留，只怕你母追求，料想伊家不自由。空躭著悶憂，虛陪了消息，不承望剛做了個口兒休。

如此柔媚本色語，而雲石以「平熟」譏之，則元人散曲，必尙豪辣可知矣。

元人豪放一派，盛稱馮子振、（字海粟，號怪怪道人，攸州人。）滕玉霄二人。貫雲石（畏吾人，父名貫只哥，遂以貫爲氏，自名小雲石海涯，又號酸齋。）與徐再思（字德可，嘉興人，好食甘飴，故號甜齋。）齊名，合稱酸甜樂府；而酸齋散曲，如天馬脫羈，以豪放勝。他如白樸、（字仁甫，眞定人。）馬致遠、（號東籬，大都人。）劉致、（字時中，號逋齋，洪都人。）汪元亨、（號雲林。）馬九皐，（字昂夫。）皆屬於豪放一派；而馬致遠其尤著者也。

致遠兼工雜劇，與關漢卿、（大都人。）鄭光祖、（字德輝，平陽襄陽人。）白樸、今稱四大家。所作散曲至多；除專家喬吉、張可久外，流傳篇什，無出其右者。其中以秋思一套爲尤著，周德淸評爲一代散曲之冠，謂「萬中無一」。（中原音韻）遂錄如下：

（雙調夜行船）百歲光陰如夢蝶，重回首往事堪嗟！昨日春來，今朝花謝，急罰盞夜闌燈滅。（喬木查）秦宮漢闕，做衰草牛羊野，不恁漁樵無話說。縱荒墳橫斷碑，不辨龍蛇。（慶宣和）投至狐蹤與兔穴，多少豪傑，鼎足三分半腰折，魏耶晉耶？（落梅風）天教富，不待奢，無多時好天良夜。看錢奴硬將心似鐵，空辜負錦堂風月。（風入松）眼前紅日又西斜，疾似下坡車。曉來淸鏡添白雪，上牀和鞋履相別。鳩巢計拙，葫蘆提一就粧呆。（撥不斷）利名竭，是非絕，紅塵不向門前惹，綠樹偏宜屋角遮，靑山正補牆東缺，竹籬茅舍。（離亭宴煞）蛩吟一覺統寧貼，雞鳴萬事無休歇，爭名利何年是徹？密匝匝蟻排兵，亂紛紛蜂釀蜜，鬧穰穰蠅爭血。裴公綠野堂，陶令白蓮社。愛秋來那些，和露摘黃花，帶霜烹紫蟹，煮酒燒紅葉。人生有限杯，幾個登高節？囑付俺頑童記者：便北海探吾來，道東籬醉了也。

白樸生金末，依元好問以長，擅長雜劇，兼工詞曲。其散曲流傳，較致遠不及三分之一。涵虛子（卽寧王權。）稱其「風骨磊磈，詞源滂沛，若大鵬之起北溟，奮翼凌乎九霄，有一舉萬里之志。」（太和正音譜）錄慶東原一段：

忘憂草，含笑花，勸君聞早冠宜掛。那里也能言陸賈？那里也良謀子牙？那里也豪氣張華？千古是非心，一夕漁樵話。

馮子振和白無咎鸚鵡曲（俗名黑漆弩）至三十六段之多；於聲韻束縛中，別出奇險，想見筆力，不媿「豪辣灝爛」之評。錄感事一段：

江湖難比山林住，種果父勝刺船父。看春花又看秋花，不管顛風狂雨。（么）盡人間白浪滔天，我自醉歌眠去。到中流手腳忙時，則靠着柴扉深處。

滕玉霄有普天樂十四段見樂府新聲。涵虛子稱其詞，如「碧漢閑雲」亦多豪壯之筆。錄歸去來兮一段：

朔風寒，彤雲密。雪花飛處，落盡江梅。快意杯，蒙頭被，一枕無何安然睡。嘆邙山壞墓折碑，狐狼滿眼，英雄袖手，歸去來兮！

貫雲石序陽春白雪有「西山朝來有爽氣」一語；其論曲固主豪爽一路，作風亦近馬東籬；涵虛子所以有「天馬脫羈」之評也。錄殿前歡一段：

暢幽哉！春風無處不樓臺。一時懷抱俱無奈，總對天開。就淵明歸去來，怕鶴怨山禽怪。問甚功名在？酸齋笑我，我笑酸齋。

劉致小令、見樂府羣玉，及太平樂府、陽春白雪。錄其代馬訴冤一套，多激昂悲憤之音。遂錄如下：

〔雙調新水令〕世無伯樂怨他誰？乾送了挽鹽車騏驥。空懷伏櫪心，徒負化龍威。索甚傷悲？用之行，捨之棄。〔駐馬聽〕玉鬣銀蹄，再誰想三月襄陽綠草齊？彫鞍金轡，再誰敢一鞭行色夕陽低？花間不聽紫騮嘶，帳前空嘆烏騅逝！命乖我自知，眼見的千金駿骨無人貴！〔雁兒落〕

誰知我汗血功？誰想我垂韁義？誰憐我千里才？誰識我千鈞力？〔得勝令〕誰念我當日跳檀溪救先主出重圍？誰念我單刀會隨着關羽？誰念我美良川扶持敬德？若論着今日，索輸與這驢羣隊。果必有征敵，這驢每怎用的？〔甜水令〕爲這等乍富兒曹無知小輩，一概他把人欺。驀地裏快躥輕踮，亂走胡奔緊先行不識尊卑。〔折桂令〕致令得官府聞知驗數目存留分官品高低。準備着竹杖芒鞋，免不得奔走驅馳。再不敢鞭駿騎向街頭鬧起，只索扭蠻腰將足下殃及。爲此輩無知，將我連累，把我埋沒在蓬蒿，失陷汙泥！〔尾〕有一等逞雄心屠戶貪微利，嚥饞涎豪客思佳味，一地把性命虧圖，百般地將刑法陵持，唱道任意欺公，全無道理。從今後誰買誰騎？眼見得無客販無人喂，便休說站驛難爲，只怕你東征西討那時節悔。

汪元亨、馬九皐俱工小令，散套傳作甚稀。二人風格俱近豪放一派，而九皐尤勝。錄九皐塞鴻秋「淩敲臺懷古」一段：

淩敲臺畔黃山鋪，是三千歌舞無家處！望夫山下烏江渡，教八千子弟思鄉去。江東日暮雲，渭北春天樹，青山太白墳如故。

張養浩（字希孟，濟南人。）爲雲莊休居自適小樂府，多恬退之言，艾俊序所謂「和而不流」者。然其山坡羊懷古諸篇，亦殊豪壯，與九臯風格相仿。錄潼關懷古一段：

峯巒如聚，波濤如怒，山河表裏潼關路。望西都，意踟躕，傷心秦漢經行處，宮闕萬間都做了土！興、百姓苦！亡、百姓苦！

元人豪放一派作家，略如上述。其所以豪放之故，蓋其所依之曲本「遼、金、北鄙殺伐之音，壯偉很戾，武夫馬上之歌，流入中原」（徐渭南詞敍錄）者，文學恆隨音樂爲轉移，其關係殊不可忽也。

第十七章　元人散曲之清麗派

自貫雲石標舉盧疎齋（名摯，字處道，一字莘老，涿郡人。）之媚嫵，與關漢卿、庾吉甫「名天錫，大都人。）之妖嬌，而散曲別有清麗一派。後人乃推喬吉（字孟符，號笙鶴翁，太原人。）張可久（字小山，慶元人。）爲此派代表。明李開先云：「樂府之有喬、張，猶詩家之有李、杜。」（千頃堂書目引）清朱彝尊、厲鶚、劉熙載輩，皆無異辭。熙載稱：「張小山、喬夢符，爲曲家翹楚。小山極長於小令。夢符雖頗作雜劇、散套，亦以小令爲最長。兩家固同一騷雅，不落俳語；惟張尤翛然獨遠耳。」（藝概）喬、張皆久居杭州，疑頗受南宋姜、張詞派之影響。清許光治云：「至元曲幾謂俚言俳語矣，然張小山、喬夢符散曲猶有前人規矩在；儷辭追樂府之工，散句擷宋唐之秀；惟套曲則似涪翁俳詞，不足鼓吹風雅。」（江山風月譜散曲自序）俚言俳語，原爲元曲之本色；至喬、張而風氣一變，遂以「騷雅」爲歸；與盧、關諸家之「嫵媚妖嬌」者，又自歧爲二派。以盧、關爲奇麗，喬、張爲雅麗，庶幾近之耳。

關漢卿以雜劇擅勝場，其散套亦常有奇麗之作；而以不伏老一套爲尤著。錄其煞尾一段：

我卻是蒸不爛、煑不熟、搥不匾、炒不爆、響噹噹一粒銅豌豆，子弟每誰教你鑽入他鋤不斷、斫不下、解不開、頓不脫、慢騰騰千層錦套頭？我玩的是梁園月，飲的是東京酒，賞的是洛陽花，扳的是章臺柳。我也會吟詩，會篆籀，會彈絲，會品竹。我也會唱鷓鴣，舞垂手。會打圍，會蹴踘，會圍棋，會雙陸。你便是落了我牙，歪了我口，瘸了我腿，折了我手，天與我這幾般兒歹症候，尙兀自不肯休。只除是閻王親令喚，神鬼自來鉤，三魂歸地府，七魄喪冥幽，那其間纔不向這烟花路兒上走。

盧摯專工小令，風格有騷雅近喬、張者。酸齋所謂「仙女尋春，自然笑傲」之作，則仍以用本色語者爲多。錄壽陽曲「別珠簾秀」一段：

纔歡悅，早間別，痛煞煞好難割捨！畫船兒載將春去也，空留下半江明月！

庚天錫亦工雜劇，散曲見楊氏二選本中。貫氏所稱「適如少美臨杯，使人不能對殢」之作，殊不可見，則元曲之散佚者多矣！

徐再思與貫雲石之酸甜樂府，恰成兩派。近人任訥云：「酸則近於豪放，甜則近於淸麗；而二人言情之作，尖透圓渾處，則莫辨酸甜，俱臻妙味。」（新輯酸甜樂府提要）再思僅有小令流傳。錄水仙子一段：

一聲梧葉一聲秋，一點芭蕉一點愁，三更歸夢三更後。落燈花棋未收，歎新豐孤館人留！枕上十年事，江南二老憂，都到心頭。

喬吉兼作雜劇，特工小令，傳世有惺惺道人樂府、文湖州集詞二種。其套數散見各選本，作品不多。明李開先會序其集云：「評其詞者，以爲若天吳跨神鼇，噀沫於大洋，波濤洶湧，有截斷衆流之勢。」（藝概引）淸厲鶚亦稱其「出奇而不失之於怪，用俗而不失之爲文。」（散曲概論引）吉能以俗爲雅，以自成其淸麗，其境或有爲可久所不及者。吉北人，而久居錢塘山水之窟，於作品風格，不無相當影響。錄小令二段：

水仙子「詠雪」

冷無香柳絮撲將來，凍成片梨花拂不開。大灰泥漫不了三千界。銀稜了東大海，探梅的心禁難捱。麵甕兒裏袁安舍，鹽罐兒裏党尉宅，粉缸兒裏舞榭歌臺。

殿前歡「登江山第一樓」：

拍闌干，霧花吹鬢海風寒，浩歌驚得浮雲散。細數青山，指蓬萊一望間。紗巾岸，鶴背騎來慣。舉頭長嘯，直上天壇。

張可久傳作之多，冠於元代。舊有小山北曲聯樂府，內分今樂府、蘇隄漁唱、吳鹽、新樂府四種。涵虛子稱可久爲「詞林宗匠」，謂：「其詞淸而且麗，華而不豔，有不喫煙火食氣；眞可謂不羈之材；若被太華之仙風，招蓬萊之海月。」（太和正音譜）李開先又稱：「小山詞瘦至骨立，血肉銷化俱盡，乃鍊成萬轉金鐵軀。」（藝概引）可久爲散曲專家，不傳雜劇。其小令雅麗超逸，邁絕輩流，而散套「長天落彩霞」一曲，沈德符以與馬東籬「百歲光陰」並列，謂「爲一時絕唱，其餘皆不及也。」（顧曲雜言）題爲湖上晚歸，見太平樂府，未入本集。迻錄如下：

〔南呂一枝花〕長天落綵霞，遠水涵秋鏡。花如人面紅，山似佛頭青。生色圍屏，翠冷松雲徑，嫣然眉黛橫。但攜將旖旎濃香，何必賦橫斜瘦影？〔梁州〕挽玉手留連錦袖，據胡牀指點銀瓶，素娥不嫁傷孤另。想當年小小，問何處卿卿？東坡才調，西子娉婷，總相宜千古留名。吾二八此地私行，六一泉亭上詩成，三五夜花前月明，十四絃指下風生。可憎多情，捧紅牙合和伊州令。萬籟寂，四山靜，幽咽泉流水下聲，鶴怨猿驚。〔尾〕岩阿禪窟鳴金磬，波底龍宮漾水精。夜氣清，酒力醒，寶篆銷，玉漏鳴。笑歸來髣髴二更，煞強似踏雪尋梅灞橋冷。

小山小令，固以雅麗見長；在全集中約占十之七八。豪放之作，亦時有之。讀之如入寶山，殆有無處不工之感！其雅麗之作，可以下列二段爲例：

清江引「春思」

黃鶯亂啼門外柳，雨細清明後。幾消幾日春？又是相思瘦。梨花小窗人病酒。

一半兒「秋日宮詞」

花邊嬌月靜妝樓，葉底滄波冷翠溝，池上好風閒御舟。可憐秋！一半兒芙蓉，一半兒柳。

二段皆言簡而趣味無窮，太似唐人絕句。至其豪放之作，亦激壯蒼涼，不亞他家。例如下列二段：

紅繡鞋「天台瀑布寺」

絕頂峯攢雪劍，懸崖水掛冰簾，倚樹哀猿弄雲尖。血華啼杜宇，陰洞吼飛廉。比人心山未險！

滿庭芳「客中九日」

乾坤俯仰，賢愚醉醒，今古興亡！劍花寒夜坐歸心壯。又是他鄉！九日明朝酒香，一年好景橙黃，龍山上，西風樹響，吹老鬢毛霜。

可久開元人雅麗一派之宗。同時作者，除徐再思外，尚有任昱、（字則明，四明人。）曹明善、李致遠之流，皆其同派。曹李履貫無攷，作品並見元人諸選本；而任昱爲最富，致遠風調最佳。錄致遠天淨沙「春閨」一段：

書樓徙倚闌干，粉雲吹徹修鬟，璧月低懸玉灣。落花懶慢，羅衣特地春寒。

第十八章　元代散曲作家之盛

明寧王權列樂府十五體，有「丹丘」、「宗匠」、「黃冠」、「承安」、「盛元」、「江東」、「西江」、「東吳」、「淮南」、「玉堂」、「草堂」、「楚江」、「香奩」、「騷人」、「俳優」之目。又列元代作家一百八十七人，多加題品；（詳太和正音譜）可想見一代人才之盛。大抵詩人墨客多致力於小令，雜劇家則兼長套數，亦由其體格各有所近故也。

除上述二大派之外，小令作家有劉秉忠、元好問、王鼎、（字和卿，大都人。）盍西村、胡祇遹、（字少凱，號紫山，武安人。）姚燧、（字端甫，號牧庵，柳城人。）周文質、（字仲彬，其先建德人，後居杭州。）趙善慶、（字文賢，饒州樂平人。）高克禮、（字敬德，一字敬臣，河間人。）鍾嗣成、（字繼先，號醜齋，大梁人。）劉庭信、（俗呼黑劉五。）周德清、（號挺齋，高安人。）鄧玉賓、查德卿、吳西逸、孫周卿、（古邠人。）王元鼎、阿魯威、（字叔重，號東泉，蒙古人。）趙顯宏、（號學村。）景元啓、趙禥（字天錫，汴梁人）諸人作品皆散見各選本；而鍾嗣成著錄鬼簿，詳紀一代曲家，是爲研究元曲者之重要資料；周德清著中原音韻，分韻爲十九部，派入聲入平、上、去三聲，足爲後來倚曲塡詞者之準則；此又於元代曲學，最爲有功者也。

楊氏二選所收散套，多至六七十家。其人或擅長雜劇，或兼工小令，如關、馬、鄭、白四大家，及喬吉、貫雲石、李致遠、周文質、張可久、鍾嗣成、周德清、庾天錫之流，其尤著者也。餘若朱庭玉、曾瑞（字瑞卿，自號褐夫，大興人。）睢景臣（字景賢，維揚人。）三人，多傳散套。嗣成錄鬼簿於曾、睢二氏，紀載尤詳；合當補述。

瑞卿自北來南，喜江浙人才之多，羨錢塘景物之盛，因而家焉。（錄鬼簿）所爲套數，見太平樂府者至十二套，冠於各家。景臣自維揚至杭州，酣嗜音律，以漢祖還鄉一套負重名，亦滑稽，亦本色，洵傑作也。遂錄如下：

（哨遍）社長排門告示：但有的差使無推故，這差使不尋俗。一壁廂納草也根，一邊又要差夫索應付。又言是車駕，都說是鑾輿，今日還鄉故。王鄉老執定瓦臺盤，趙忙郎抱着酒葫蘆。新刷來的頭巾，恰纔來的紬衫，暢好是粧么大戶。〔耍孩兒〕瞎王留引定火喬男女，胡踢蹬吹笛擂鼓。見一颩人馬到庄門，匹頭裏幾面旗舒。一面旗白胡闌套住箇迎霜兎，一面旗紅曲連打着箇畢月烏，一面旗鷄學舞，一面旗狗生雙翅，一面旗蛇纏葫蘆。〔五煞〕紅漆了叉，銀錚了斧，甜瓜苦瓜黄金鍍。明晃晃馬鐙鎗尖上挑，白雪雪鵝毛上扇鋪。這幾箇喬人物，拿着些不曾見的器仗，穿着些大作怪衣服。〔四〕轅條上都是馬，套頂上不見驢，黄羅傘柄天生曲。車前八箇天曹判，車後若干遞送夫。更幾箇多嬌女，一般穿着，一樣粧梳。〔三〕那大漢下的車，衆人施禮數。那大漢覷得人如無物。衆鄉老屈腳舒腰拜，那大漢挪身着手扶。猛可里擡頭覷，覷多時，認得熟，氣破我胷脯。〔二〕你須身姓劉，你妻須姓呂，把你兩家兒根腳從頭數。你本身做亭長，躭幾盞酒。你丈人教村學，讀幾卷書。曾在俺庄東住，也曾與我喂牛切草，拽埧扶鉏。〔一〕春採了桑，冬借了俺粟，零支了米麥無重數。換田契強秤了麻三秤，還酒債偷量了豆幾斛。有甚胡突處？明標着册曆，見放着文書。〔尾〕少我的錢，差發內旋撥還；欠我的粟，稅粮中私准除。只道劉三，誰肯把你揪捽住？白甚麼改了姓，更了名，喚做漢高祖？

元人散曲，略具於上述諸家。以其曲本「北鄙」之音，故當行之作，多用俚言俗語；而描摹物態口吻，漸近自然，視宋詞又爲一大進步。王世貞云：「自金元而後，半皆涼州豪嘈之習，詞不能按，乃爲新聲以媚之。」（雨村曲話引）後雖豪麗兩派分流，而同擅一代之勝；此亦與異民族結合之特產已！

第十九章　元明詞之就衰

元明兩代，南北曲盛行，詩詞並就衰頹，而詞尤甚。元代文人處於異族宰制之下，典雅派歌曲，既不復重被管絃；激昂悲憤之詞風，又多所避忌，不能如量發洩；淩夷至於明代，而詞幾於歇絕矣！

元初作者，皆宋、金遺民；如劉辰翁、王沂孫、周密、張炎、元好問之倫，多感慨悲涼之作，具見前章。此外如仇遠、（字仁近，號山村，錢塘人。）王惲、（字仲謀，號秋澗，汲縣人。）劉因、（字夢吉，容城人。）劉將孫、（字尚友，廬陵人，辰翁子。）劉秉忠、（字仲晦，邢州人。）詹玉、（號天游，郢人。）張埜、（字野夫，邯鄲人。）張翥、（字仲舉，號蛻巖，晉寧人。）邵亨貞、（字復孺，號清溪，華亭人。）白樸、（字太素，一字仁甫，眞定人。）倪瓚、（字元鎭，號雲林，無錫人。）許有壬（字可用，湯陰人。）等，皆元代詞壇之健者；而劉因、劉將孫、張翥、邵亨貞、許有壬爲最勝。

劉因詞以性情樸厚勝；近人況周頤至推爲「元之蘇文忠」（蕙風詞話）其代表作如人月

圓：

茫茫大塊洪爐裏，何物不寒灰？古今多少，荒煙廢壘，老樹遺臺。 太山如礪，黄河如帶，等是塵埃。不須更歎，花開花落，春去春來。

劉將孫亦南宋遺民，其詞「撫時感事，淒豔在骨」（況說）代表作如踏莎行：

水際輕煙，沙邊微雨，荷花芳草垂楊渡。多情移徙忽成愁，依稀恰是西湖路。 血染紅牋，淚題錦句，西湖豈憶相思苦？只應幽夢解重來，夢中不識從何去？

張翥少負才雋，放豪不羈，好蹴踘，喜音樂。（元史本傳）其詞乃上承姜夔之系統，樹骨既高，寓意亦遠；在元代諸家中，尤推典雅派之上乘。例如陌上花「使歸閩浙歲暮有懷」：

關山夢裏，歸來還又，歲華催晚。馬影雞聲，諳盡倦郵荒館。綠牋密記多情事，一看一回腸斷。待殷勤寄與，舊遊鶯燕，水流雲散。 滿羅衫是酒，香痕凝處，唾碧啼紅相半。只恐梅花，瘦倚夜寒誰暖？不成便沒相逢日，重整釵鸞箏雁。但何郎縱有，春風詞筆，病懷渾嬾。

邵亨貞詞「清麗宛約，學白石而乏騷雅之致，聲律亦未盡妍美。」（鄭文焯蛾術詞選跋）然其流連光景，感舊傷時之作，託寄遙遠，足張一幟於風靡波頹之際，亦未易多得之才也。
許有壬傳作甚多，詞筆超邁，情境意度俱臻絕勝；洵元詞之「上駟」，亦蘇辛一派之流波也。例如水龍吟「過黃河」：

濁波浩浩東傾，今來古往無終極。經天亘地，滔滔流出，崑崙東北。神浪狂飆，奔騰觸裂，轟雷沃日。看中原形勝，千年王氣，雄壯勢，隆今昔。　鼓枻茫茫，萬里棹歌，聲響凝空碧。壯游汗漫，山川綿邈，飄飄吟迹。我欲乘槎，直窮銀漢，問津深入。喚君平一笑，誰誇漢客，取支機石？

元詞作家，略盡於此。餘如楊果、（字西庵，蒲陰人。）趙孟頫、（字子昂，吳興人。）虞集、薩都剌等，或工詩，或工散曲，詞雖偶作，要非專家，故不贅云。
明代士大夫吟詠性情，多爲散曲；風氣轉變，而詞益就衰。一代作家，推劉基、高啓、楊基、（字孟載，嘉州人。）瞿祐、（字宗吉，錢塘人。）楊愼、（字用修，新都人。）王世貞諸人；惟楊基小令，新俊可喜，不失姜張矩矱。蓋明人宗尚，不出花間、草堂二集；藝非專習，體益卑下，故尠有可觀也。
明季屈大均、（號翁山，番禺人。）陳子龍（字臥子，華亭人。）出，始崇風骨，而斯道爲之一振。二人皆節概凜然，明亡，子龍以身殉；其詞能表現作者高尚之性格，故足稱也。大均以夢江南賦落葉五首爲最著；況周頤稱其「沈痛之至，一出以繁豔之音，讀之使人涕泗漣洏而不忍釋手。」（趙尊嶽道援堂詞提要）茲錄一首示例：

悲落葉，葉落絕歸期。縱使歸來花滿樹，新枝不是舊時枝。且逐水流遲。

子龍詞風流婉麗；陳廷焯稱其「能以濃豔之筆，傳悽惋之神」（白雨齋詞話）其風格略近秦觀、姜夔，而出之以沈著穠摯；洵明詞中之特色已。茲錄點絳脣一闋：

滿眼韶華，東風慣是吹紅去。幾番煙霧，只有花難護。　夢裏相思，故國王孫路。春無主！杜鵑啼處，淚溼胭脂雨。

第二十章　明散曲之北調作家

明人才思，多耗於八股文；雖偶以詩詞相標榜，都成「強弩之末。」惟於南北曲，承元季遺風，作者繁興，號稱極盛。除雜劇、傳奇外，散曲亦多專家。蓋自元以來，即以散曲爲樂府，亦稱「塡詞；」宋人歌詞之法不傳，而南北曲則盛行於明代；故文人學士，咸樂倚其聲而爲之製詞也。

王驥德歷述明代散曲作家云：「近之爲詞（即散曲）者，北調則關中康狀元對山、王太史渼陂，蜀則楊狀元升菴，金陵則陳太史石亭、胡太史秋宇、徐山人髯仙，山東則李尙寶國華、馮別駕海浮，山西則常廷評樓居，維揚則王山人西樓，濟南則王邑佐舜耕，吳中則楊儀部南峯。康富而蕪，王豔而整，楊俊而葩，陳、胡爽而放，徐暢而未汰，李豪而率，馮才氣勃勃，時見紕纇，常多俠而寡馴，西樓工短調，翩翩都雅，舜耕多近人情，兼善諧謔，楊較粗莽；諸君子間作南調，則皆非當家也。南則金陵陳大聲、金在衡，武林沈靑門，吳唐伯虎、祝希哲、梁伯龍，而陳、梁最著。唐、金、沈小令並斐亹有致，祝小令亦佳，長則草草，陳、梁多大套頗著才情，然多俗意陳語，伯仲間耳。」（曲律雜論）此所舉諸家，其集或傳或不傳；而工北調者十九皆北人，南調則皆出於蘇、浙；其受音樂影響較然可知。沈德符稱：「元人小令，行於燕、趙，後浸淫日盛。」（顧曲雜言）徐渭又言：「今唱家稱弋陽腔，則出於江西，兩京、湖南、閩、廣用之；稱餘姚腔者，出於會稽，常、潤、池、太、揚、徐用之；稱海鹽腔者，嘉、湖、溫、台用之。惟崑山腔止行於吳中，流麗悠遠，出乎三腔之上，聽之最足蕩人。」（南詞敍錄）明代諸家之散曲，雖歌唱用何腔，不易一一詳攷；而其與音樂關係，不可忽也。

明代崑腔未起以前，北曲爲盛。徐渭所謂：「遼金北鄙殺伐之音，流入中原，遂爲民間之日用；宋詞既不可被絃管，南人亦遂尙此；」（南詞敍錄）其風蓋至明初猶未稍殺也。渭又言：「本朝北曲，推周憲王、谷子敬、劉東生，近有王檢討、康狀元。」周憲王誠齋樂府，散套至多，而文字端謹，鮮有獨到處。明人北調，要推康海、（字德涵，號對山，武功人。）王九思、（字敬夫，號渼陂，鄠縣人。）楊愼、（字用修，號升庵，新都人。）胡汝嘉、（字懋禮，號秋宇，金陵人。）馮惟敏、（字汝行，號海浮，臨朐人。）常倫、（字明卿，號樓居，沁水人。）王磐、（字鴻漸，號西樓，高郵人。）王田、（字舜耕，濟南人。）楊循吉、（字君謙，號南峯，吳縣人。）諸家，而康海、王九思、馮惟敏、王磐四家，最爲傑出。

康、王在弘治、正德間，以散曲並稱爲北方代表人物。而世多抑康而揚王。王驥德稱：「對山亦忤於時，放情自廢，與渼陂皆以聲樂相尙，彼此酬和不輟。康所作尤多，非不莽具才氣，然喜生造，喜堆積，喜多用老生語，不得與王並驅。」（曲律雜論）王世貞亦極推服九思，以爲「其秀麗雄爽，康大不如也。評者以敬夫聲價，不在關漢卿、馬東籬下。」（藝苑卮言）要之二家之作，皆極豪爽，表現北人性格。南人愛醞藉，重藻飾，致有「直是粗豪，原非本色」（曲律）之譏，要不足據爲定論也。

康氏沜東樂府，用本色爲豪放，擺脫明初闒茸之習，（任訥說）有振衰起廢之功。其自序標出北曲之長，爲「慷慨」爲「朴實」；其自作亦充分表現其牢落不平之氣。例如歸田喜述一套：

（仙呂點絳唇）少日疏狂，不知度量，誇豪宕，倚馬穿楊，好沒事尋風浪！（混江龍）自那日恩榮放榜，却纔知崢嶸發迹是尋常。玉堂金馬，錦服牙章。櫛風沐雨，冒雪凌霜。攘攘勞勞成底事？兢兢戰戰爲誰忙？覷金張許史，鬬奢華羨巢由卞務，贏高尙。正這里悽然有感，早那壁剷地謀殃。（油葫蘆）得了個綠鬢酕醄入醉鄉，端的是天賜將。逐日價華堂開宴列紅妝，新醅飲盡奚童釀新詞撰就花奴唱。與知音三兩人，對雲山四五觴，逍遙散誕情舒放。抵多少法酒大官羊。（天下樂）險些不斷送頭皮在市場，思量著甚娘惡風雹乾捱他十數場。止不過胡謅了幾道文，貪叨了數斗糧，比似那夢中蕉還較謊。（鵲踏枝）三十載離巖廊，一萬日美風光。既不曾惡紫奪朱，又甚的賣狗懸羊？賣文錢騰挪下數兩，但閑時恣意徜徉。（賺煞）原不似廟堂才，卻怎改虀鹽相分限？是綸巾鶴氅。詫不盡當年魚漏網，到如今又索甚提防？付行藏酒斝詩囊，十萬八千有幾場。幸七九衰翁在堂，看四歲癡兒作樣，也只是爇明香夜夜謝穹蒼。

九思、嘉靖初猶在，所爲碧山樂府，於雄爽中時有「翩翩佳致。」（衡曲麈譚）其豪放蒼莽之作，與康氏固勢均力敵，未容軒輊於其間也。例如水仙子：

一拳打脫鳳凰籠，兩腳蹬開虎豹叢，單身撞出麒麟洞。望東華人亂擁，紫羅襴老盡英雄！參詳破邯鄲一夢，歎息殺商山四翁，思量起華嶽三峯。

馮惟敏海浮山堂詞稿小令、散套，皆喜用俗語俚言，而以蒼莽雄直之氣行之；其魄力之大，殆可凌駕康、王；而王驥德詆其「直是粗豪，原非本色，」殊不可解。馮氏散曲包羅萬有，頗似詞家之辛棄疾。其詼諧玩世之作，本色語尤多；其激壯蒼涼處，讀之又能使人神王；所謂「豪辣灝爛」之境，馮氏差足當之矣。節錄徐我亭歸田大令（馮集稱套數為大令）之前三段，以見一斑：

（正宮端正好）跳出了虎狼穴，脫離了刀鎗寨，天加護，及早歸來。甫能撮湊到紅塵外，總是超三界！（滾繡毬）磣可查荊棘排，活撲刺蛇蝎挨，打週遭擠成一塊，諕得俺腳難挪，眉眼難開。一箇虛圈套眼下丟，一箇悶葫蘆腦後摔，躧着他轉關兒登時成敗，犯着他訣竅兒當日興衰。幾曾見持廉守法躲了寃業？都只為愛國憂民成了禍胎！論甚麼清白？（叨叨令）見了箇官來客來，繫上條低留答刺的帶，又不是金階玉階，免不得批留鋪刺的拜，恰便似天差帝差，做了些希留乎刺的態。但沾着時乖運乖，落得他稽留聒刺的怪。兀的不磣殺人也麼哥！兀的不磣殺人也麼哥！單看你胡歪亂歪，粧一角伊留兀刺的外。（脫布衫）謝天公特地安排，感吾生苦盡甘來。熱還了蠅頭利債，再不把文章零賣。

王磐生富室，獨厭綺麗之習，雅好古文詞。（堯山堂外紀）王驥德稱其散曲為北詞之冠，謂其「俊豔工鍊，字字精琢，惜不見長篇。」（曲律）磐善詼諧，兼工諷刺；雖同用北調，而作風與上述三家，截然不同；在元人中於喬、張爲近。江盈科謂其「材料取諸眼前，句調得諸口頭，其視匠心學古，艱難苦澀者，眞不啻啖哀家梨也。」（雪濤詩話）錄滿庭芳「失雞」一段：

平生淡薄，雞兒不見，童子休焦。家家都有閒鍋竈，任意烹炮。煮湯的貼他三枚火燒，穿炒的助他一把胡椒，到省了我開東道。免終朝報曉，直睡到日頭高。

上述四家在明曲北調中，分據文壇，足以領袖一代。此外如常倫之悲壯豔麗，風格在康、王間。楊循吉以吳人而爲北調，亦復瀟灑有致。楊愼夫婦並工散曲。衡曲麈譚稱：「楊升庵頗有才情，所著陶情樂府，流膾人口。但楊本蜀人，調不甚諧，而摘句多佳。楊夫人亦饒才學，最佳者如黃鶯兒『積雨釀輕寒』一曲，字字絕佳。楊別和三詞，俱不能勝，固奇品也。」愼父廷和，有散曲集名樂府遺音，風調近張養浩雲莊休居樂府。是楊氏父子夫婦直以散曲世其家矣。錄楊夫人黃鶯兒「雨中遣懷」一段：

積雨釀輕寒，看繁花樹樹殘，泥途滿眼登臨倦。雲山幾盤，江流幾灣，天涯極目空腸斷。寄書難，無情征鴈，飛不到滇南！（案此曲亦見南宮詞紀，以王驥德列愼於北調作家中，特爲附及。）

第二十一章　明散曲之南調作家

元人散曲，悉用北調。至明初，南曲猶未大行。最早之南調，惟南宮詞紀載琵琶記作者高則誠（永嘉平陽人。）之商調二郎神「秋懷」一套。其後楊維楨、劉東生，偶有傳作。周憲王（朱有燉）誠齋樂府，雖以北調擅長，亦爲南曲之一大作家。至陳鐸（字大聲，號秋碧，金陵人。）沈仕（字懋學，一字子登，號青門山人，仁和人。）二家出，而散曲中始漸行南調。沈德符稱：「元人俱嫻北調，而不及南音。今南曲如四時歡、窺青眼、人別後諸套最古，或以爲元人筆，亦未必然。即沈青門、陳大聲輩南詞宗匠，皆本朝化治間人。又同時如康對山、王渼陂二太史，俱以北擅場，而不染指於南。」（顧曲雜言）由此，可知風氣之轉移，蓋在陳、沈二家崛興之後；金元北鄙之樂，深入人心，匪一朝一夕之所能改也。

陳鐸官指揮使，沈德符已有「今皆不知其爲何代何方人」之歎，而特推爲「我朝（明）塡詞高手。」又謂：「今人但知陳大聲南調之工耳！其北一枝花『天空碧水澄』全套，與馬致遠『百歲光陰』皆咏秋景，眞堪伯仲。又題情新水令『碧桃花外一聲鐘』全套，亦綿麗不減元人。本朝詞手，似無勝之者。」（顧曲雜言）惟張旭初獨於鐸深致不滿，謂「陳大聲、金陵將家子，所爲散套，尙多借襲，而才情亦淺。然句字流麗，可入絃索。如三弄梅花一闋，頗稱作家。」（衡曲麈談）鐸本工詞，而南曲特勝；沈張褒貶，皆不免於過情。其溫柔綺膩之作，固散曲中之大家數也。錄中呂鎖南枝「風情」一段：

腸中熱，心上癢，分明有人閒論講。他近日恩情又在他人上。要道是眞，又怕是慌。抵牙兒猜，皺眉兒想。

沈仕工詞曲，絕意仕進，有前賢曠達之風。（厲鶚唾窗絨跋）沈德符以與陳鐸並稱，譽爲「塡詞高手。」至其「所作多偎紅倚翠之語，未免以筆墨勸淫。」（厲跋）後來梁辰魚江東白苧，且有效沈青門唾窗絨體之作，可想見其影響之大。散曲中之香奩體，殆以青門爲最工矣。近人任訥稱其「冶豔之中，生動新切。其失在偶摹元人淫褻之作，而後人踵之者，又變本加厲，皆標其題曰效沈青門體，沈氏遂受謗無窮。」（散曲概論）觀其風流狎暱之作，果足蕩人情志；然情歌中有此一格，亦極可觀也。錄嬾畫眉「春怨」、及鎖南枝「幽會」各一段：

倚闌無語搯殘花，驀然間春色微烘上臉霞。相思薄倖那寃家，臨風不敢高聲罵，只教我指定名兒暗咬牙。

爹娘睡，暫出來，不教那人虛久待。一見喜盈腮，芳心怎生耐？身驚顫，手亂揣，百忙裏解花了繡裙帶。

陳沈二家之後，崑腔未起之前，尚有唐寅、（字子畏，號伯虎。）祝允明、（字希哲，號枝山，又號枝指生。）文徵明（名璧，以字行。）三人，並居吳下，特工南曲，唐、祝名尤盛。錄唐作黃鶯兒「閨思」及祝作金落索「四景」各一段：

細雨溼薔薇，畫樑間燕子飛，春愁似海深無底。天涯馬蹄，燈前翠眉，馬前芳草燈前淚。夢魂飛，雲山萬里，不辨路東西。

東風轉歲華，院院燒燈罷。陌上清明，細雨紛紛下。天涯蕩子心，盡思家。只見人歸不見他！合歡未久難拋捨，追悔從前一念差。傷情處，懨懨獨坐小窗紗。只見片片桃花，陣陣楊花，飛過了鞦韆架。

南曲多溫柔細膩，偏寫兒女私情；此與南朝樂府中之吳歌，宋代柳、秦一派之詞，在文學上儼然自成一系統。然在散曲方面，有南人而兼長北調者；即南調中亦間有慨慷激昂之作。特舉其大者言之，南北風尙，故自不同耳。

王守仁（字伯安號陽明，餘姚人。）以一代大儒，偶爲南曲，一洗妖媚綺靡之習，充分表現作者抱負；風格不在北調王、馮諸家之下，亦南曲中之生面別開者也。南宮詞紀存其雙調步步嬌「歸隱」一套，迻錄一段如左：

亂紛紛鴉鳴鵲噪，惡狠狠豺狼當道，冗費竭民膏。怎忍見人離散，舉疾首蹙額相告。簪笏滿朝，干戈載道，等閑間把山河動搖！

第二十二章　崑腔盛行後之散曲

明曲自崑腔盛行後，爲一大變化。沈德符云：「自吳人重南曲，皆祖崑山魏良輔，而北詞幾廢。」（顧曲雜言）北詞既廢，「南曲又多參詞法以爲之形成所謂南詞；」（任訥說）重華藻而輕本色，意境迂拘末流乃至「祇有枯脂燥粉，敷衍堆嵌，拆碎固不成片段，併合亦難象樓臺。」（任說）明徐渭嘗言：「曲本取於感發人心，歌之使奴童婦女皆喻，乃爲得體。吾意與其文而晦，曷若俗而鄙之易曉也。」（南詞敍錄）其言雖爲邵文明香囊記而發，而崑腔盛行以後之散曲，亦多患「文而晦」之病，或拘於韻律，生氣索然。曲本出於民間，行之既久，漸由典雅而進於堆砌化；此嘉靖、隆治以來明曲之厄運也。

崑腔之起，約在明正德間。其始北曲用絃索，南曲用簫管。迨崑腔出，乃合而用之。徐渭云：「今崑山以笛、管、笙、琵，按節而唱南曲者，字雖不應，頗相諧和，殊爲可聽。」（南詞敍錄）沈德符亦稱：「今吳下皆以三弦合南曲，而簫管叶之。」（顧曲雜言）繁音合奏，故其腔特「流麗悠遠，聽之最足蕩人。」（徐說）崑腔之創始者，世稱崑山魏良輔。（號尙泉，居太倉南關。）余懷寄暢園聞歌記稱：「良輔初習北音，絀於北人王友山。退而鏤心南曲，足跡不下樓十年。當是時，南曲率平直無意致。良輔轉喉押調，度爲新聲，疾徐高下淸濁之數，一依本宮，取字齒脣間，跌換巧掇，恆以深邈助其凄戾。吳中老曲師如袁髯、尤駝者，皆瞠乎自以爲不及也。」（虞初新志）良輔以大音樂創造家，轉移風尙；然所努力乃在歌唱方面，初與曲詞無關。其聞風而起，依此新聲，製爲歌曲，別開風氣者，則梁辰魚、與沈璟是也。

辰魚（字伯龍）亦崑山人。胡應麟稱：「良輔能諧聲律，梁伯龍起而效之，考證元劇，自翻新調，作江東白苧、浣紗諸曲，又與鄭思笠精研音理，唐小虞、鄭梅泉五七輩雜轉之，金石鏗然，譜傳藩邸戚畹，金紫熠爚之家，取聲必宗伯龍氏，謂之崑腔。」（筆叢）辰玉以音樂家而兼戲劇家，其江東白苧則散曲也。張旭初至推辰魚爲「曲中之聖」，（吳騷合編）張鳳翼又稱此集「擲地可作金聲」（江東白苧序）而李調元獨持異議，謂：「曲始於元，大略貴當行，不貴藻麗。蓋作曲自有一番材料；

其修飾詞章塡塞故實，了無干涉也。自梁伯龍出，始爲工麗濫觴。蓋其生嘉、隆間，正七子雄長之會，詞尙華靡；弇州於此道不深，徒以『維桑』之誼，盛爲吹噓，不知非當行也。故吳音一派，競爲勦襲靡詞，如繡閣、羅幃、銅壺、銀箭、紫燕、黃鶯、浪蝶、狂蜂之類，啓口卽是，千篇一律。甚至使僻事，繪隱語，不惟曲家本色語全無，卽人間一種眞情話，亦不可得。」（雨村曲話）李氏之論，雖不免過於偏激；而曲詞之壞，不得不歸罪於辰魚矣。崑腔之起，在音樂上爲一大貢獻，音律益精，乃不免以曲害詞。且南人浮靡庸濫之習，率自附於梁氏之文雅蘊藉；亢爽激越之風亡，而散曲亦漸不足觀矣！至梁曲所以能風靡一時者，一方固在其腔調之流美，一方亦由其細膩妥貼，充分表現南人之性格；其病則爲過求工麗，汨沒本眞。其風致之佳者，翻在小曲錄駐雲飛一段：

小小冤家，拖逗得人來憔悴殺。雅淡堪描畫，舉止多瀟灑。咱曾記折梨花，在荼蘼東架。忙詢佳期，倒答著閑中話，一半囂人一半耍。

沈璟（字伯英，號寧菴，又號詞隱，吳江人。）深通音律，善于南曲；所編南九宮譜及南詞韻選二書，楷模大著，學者翕然宗之。其散曲多受辰魚影響，又特嚴於韻律，苦無生氣。王驥德稱：「其於曲學，法律甚精，汎瀾極博，斤斤返古，力障狂瀾，中興之功，良不可沒。」（曲律）李調元則謂：「沈伯英審於律而短於才，亦知用故實、用套詞之非宜，然作當家本色俊語，卻又不能直以淺言俚語，掤拽牽湊，自謂獨得其宗，號稱詞隱。而越中一二少年，學慕吳趨，遂以伯英爲開山，私相伏膺，紛紜競作；非不東、鍾、江、陽，韻韻不犯，一稟德清；而以鄙俚可笑爲不施脂粉，以生硬稚率爲出之天然；較之套詞故實一派，反覺雅俗懸殊；使伯龍、禹金輩見之，益當千金自享家帚矣。」（雨村曲話）然則梁、沈二派，雖取徑不同，厥失惟均。惟自嘉、隆間以迄明末，將近百年，主持「詞餘」壇坫者，文章必推梁氏，韻律必推沈氏，（任訥說）其影響之大可知。錄沈氏八聲甘州「集雜劇名翻元人吳昌齡北詞」一曲爲例：

因緣簿冷，嘆鴛鴦被捲，枉怨銀箏。秦樓月影，蝴蝶夢中孤另。曾留汗衫餘馥在，漫哭香囊兩淚盈。柳眉蹙雙峯，爲才子留情。

春宵多月亭，記曲江池上，麗日初晴。藍橋仙路，裴航恰遇雲英。萬花堂畔言誓盟，玉鏡臺前作證誠。他負心幾曾？教魚雁傳情。

梁、沈之後，有王驥德（字伯良，號方諸生，會稽人。）曾受曲學於徐渭，又與璟有往還。其所作方諸館樂府，雖不免爲梁、沈二家所囿；而所著曲律，識見甚高；爲有功曲苑之鉅製。其論曲亦頗不滿於當世之南詞，而深崇元人散曲，故足稱也。

生値崑腔盛行之後，而能開徑獨行，自成一家，不爲梁、沈所籠罩者，惟一施紹莘。（字子野，號峯泖浪仙，華亭人。）其人亦工音律，自蓄歌童，所作無不製譜付拍者。（任訥說）其自序秋水庵花影集云：「猶記十六七時，便喜吟咏，而詩餘樂府，於中爲尤多。十餘年來，費紙不知幾十萬？嘗貯之古錦囊，挑以筇竹杖，向桃花溪畔，杏樹村邊，黃葉丹楓，白雲靑嶂，席地高歌一兩篇；雖不入譜律，亦復欣然自喜。山童騎黃犢，負夕陽而歸，亦令拍手和歌，喁于互答。因擇其聲之幽脆者，命歌工教以音律。於是花月下，香茗前，詩酒畔，風雪裏，以至茅茨草舍之酸寒，崇臺廣囿之弘侈，高山流水之雄奇，松龕石室之幽致，曲房金屋之妖姸，玉缸珠履之豪肆，銀箏寶瑟之縈魂，機錦砧衣之愴思，荒臺古路之傷心，南浦西樓之感喟，憐花尋夢之閒情，寄淚緘絲之逸事，分鞵破鏡之悲離，贈枕聯釵之好會，佳時令節之杯觴，感舊懷恩之涕淚，隨時隨地，莫不有刱譜新聲，稱宜迭唱。每聽雙鬟豎子，拍板一聲，則泬漻傳響，情境生動，可謂極風情之致，享文字之樂矣。」紹莘性格之蕭灑，與其愛好歌曲之情形，於此文中充分表出。陳繼儒稱：「子野才太俊，情太癡，膽太大，手太辣，腸太柔，心太巧，舌太纖，抓搔痛癢，描寫笑啼，太逼眞，太曲折。」（花影集序）若紹莘者，誠可謂能融各派散曲之長，不媿爲當行作家。其用筆輕倩，而結構綿密，擬之元人，庶幾小山樂府；以殿有明一代之散曲，視梁、沈輩，倜乎遠矣！錄月下感懷一套：

〔南大石念奴嬌序〕陰晴萬古這冰輪不改，憑人覆雨翻雲。欲向吳剛求利斧，劈開懵懂乾坤。休諢！一點山河，三千世界，人間萬事總虛影！（合）多管是淸光夜夜，照不分明。〔前腔〕癡甚！天公哄您，並沒個好歹賢愚，忠佞同盡。萬里江邊沙上骨，這是隋唐秦晉。休逞！扯破衣冠，丟開禮樂，到頭畢竟認誰眞？（合前）〔前腔〕忒狠！將相功名，君王社稷，爭教一代一灰塵？早發掘纍纍前朝荒墳。冰冷笛暮牛羊，蛩秋烟雨，當年氣勢嚇誰人？（合前）〔前腔〕重省！酷慕神仙，浪煎藥物，心長命短與誰爭？碑額上標題隱士先生。傷情！狐戴頭顱，鴉翻皮肉，大丹畢竟甚時成？（合前）〔古輪臺〕漫胡評，從來些個總無憑！功名富貴天之分，怎生儌倖？況到底空花眼前，豈伊畢竟？有事到垂成，被人作梗。有凌雲奇志困青衫，叫天不應。有高才短命身傾。有星霜白首，垂涎如斗一顆金印；成敗豈由人？今宵景，蒼烟荒野鬼無靈。（前腔）須聽！還有專寵宮庭。也有獨守鴛幃，恨人薄倖。也有嫁得蕭郎，却有日路人相認。有恩愛夫妻，衾挨肩並。有夫壻恩榮，捧將來縣君誥命。有伶仃孤苦艱辛。高高下下，如今白骨總成枯梗！天眼太昏昏！今宵景，一聲長笛曉風清。（尾文）一輪月，萬古情，笑如此人間癡甚，但閒氣教伊莫要爭。

明人散曲之外，別有民間流行之小曲。卓珂月曰：「我明詩讓唐，詞讓宋，曲讓元；庶幾吳歌掛枝兒、羅江怨、打棗竿、銀絞絲之類，爲我明一絕耳！」（陳宏緒寒夜錄）小曲原出北方，明代大行於吳下。王驥德云：「小曲掛枝兒即打棗竿，是北人長技，南人每不能及。昨毛允遂貽我吳中新刻一帙，中如噴嚏、枕頭等曲，皆吳人所擬；即韻稍出入，然措意俊妙，雖北人無以加之；故知人情原不相遠也。」（曲律）明散曲家，於小曲並多染指。錄龍子猶江兒水一曲，以見一斑：

郎莫開船者！西風又大了些！不如依舊還奴舍。郎要東西和奴說，郎身若冷奴身熱，且受用而今這一夜。明日風和，便去也奴心安帖。

第二十三章　清詞之復盛

清代二百八十年，詞人輩出，超軼元明二代，駸駸與兩宋比隆。雖此體不復重被管絃，僅爲「長短不葺之詩」；而一時文人精力所寄，用心益密，託體日尊，向所卑爲「小道」之詞，至是儼然上附於風騷之列；而浙常二派，又各開法門，遞主詞壇，風靡一世。吾輩撇開音樂關係，以論清詞，則實有同於唐人之新樂府詩，於中國文學史上，占極重要之地位焉。

清初作者，以吳偉業爲「開山」；順治、康熙之間，製作益盛。聶先、曾王孫合輯之名家詞鈔，所收至百種以上，皆此一時期之作品也。

浙派未興之前，有梁清標、（字玉立，眞定人。）宋琬、（字玉叔，號荔裳，萊陽人。）王士祿、（號西樵，新城人。）王士禎、（士祿弟。）曹爾堪、（字子顧，嘉善人。）丁澎、（字飛濤，仁和人。）毛際可、（字會侯，遂安人。）曹貞吉、（字升六，號實庵，安邱人。）余懷、（字澹心，莆田人。）吳綺、（字薗次，江都人。）顧貞觀、（號梁汾，無錫人。）錢芳標、（字葆馚，華亭人。）納蘭性德、（原名成德，字容若，滿洲人。）彭孫遹、（字駿孫，號羨門，海鹽人。）尤侗、（字展成，號西堂，長洲人。）毛奇齡、（字大可，蕭山人。）徐釚、（字電發，吳江人。）陳維崧（字其年，號迦陵，宜興人。）嚴繩孫、（字蓀友，無錫人。）孫枝蔚（字豹人，三原人。）等，皆一時之秀；而王士禎、曹貞吉、顧貞觀、納蘭性德、彭孫遹、毛奇齡、陳維崧七家，尤爲傑出。分述如下：

王士禎爲清代大詩人，特工絕句，又標「神韻」之說；即以其法塡詞，故專以小令擅勝。唐允甲所謂：「極哀豔之深情，窮倩盼之逸趣」（衍波詞序）者是也。士禎以浣溪沙「紅橋賦」三首負盛名；錄一首如下：

北郭青溪一帶流，紅橋風物眼中秋，綠楊城郭是揚州。　西望雷塘何處是？香魂零落使人愁，澹煙衰草舊迷樓。

曹貞吉珂雪詞，洗盡綺羅薌澤之習，慷慨悲涼，爲稼軒嫡系。王煒又稱其「珠圓玉潤，迷離哀怨，於纏綿款至中，自具瀟灑出塵之致；絢爛極而平澹生，不事雕鏤，俱成妙詣。」（珂雪詞序）貞吉與士禎皆山東人，而士禎之軟媚，不似北人性格；以視貞吉之雄渾蒼涼，有遜色矣。貞吉以留客住「鷓鴣」詞著名，錄之如下：

瘴雲苦！徧五溪沙明水碧，聲聲不斷，只勸行人休去。行人今古如織，正復何事關卿頻寄語？空祠廢驛，便征衫溼盡，馬蹄難駐。 風更雨，一髮中原，杳無望處。萬里炎荒，遮莫摧殘毛羽。記否越王宮殿，宮女如花，祇今惟賸汝。子規聲續，想江深月黑，低頭臣甫。

顧貞觀以賀新郎「寄吳漢槎寧古塔以詞代書」二首，最爲世重；以書札體入詞，已爲創格；而語語眞摯，字字從肺腑中流出，眞可歌可泣之作也。詞已爲人傳誦，不錄。況周頤稱：「容若與梁汾交誼甚深，詞亦齊名，而梁汾稍不逮容若；論者曰失之脆。」（餐櫻廡詞話）別錄夜行船「鬱孤臺」一闋：

爲問鬱然孤峙者，有誰來？雪天月夜。五嶺南橫，七閩東距，終古江山如畫。 百感茫茫交集也！憺忘歸，夕陽西挂。爾許雄心，無端客淚，一十八灘流下。

納蘭性德爲明珠相國子，以進士官侍衞，具文武才。其詞極爲顧貞觀、陳維崧諸人所推服；維崧謂：「飲水詞哀感頑豔，得南唐二主之遺。」其「長調多不協律，小令則格高韻遠，極纏綿婉約之致。」（周之琦說）性德生長富厚，而詞多淒惋之音，卒以短命，可悲也！錄浣溪沙二闋：

誰念西風獨自涼？蕭蕭黃葉閉疎窗，沈思往事立殘陽。　被酒莫驚春睡重，賭書消得潑茶香，當時祇道是尋常！

腸斷斑騅去未還，繡屏深鎖鳳簫寒，一春幽夢有無間。　逗雨疏花濃淡改，關心芳草淺深難，不成風月轉摧殘。

彭孫遹工作豔詞，風格絕近花間；朱孝臧有「吹氣如蘭彭十郎」（彊邨棄稿）之語。尤侗稱其「提辛攀李含柳吐秦與『紅杏尚書』『花影郎中』平分風月；」（延露詞序）其人之風調，可以想見。錄卜算子「賦豔」一闋：

又報玉梅開，笑泥青娥飲。去歲留心直到今，醉裏如何禁？　身作合歡牀，臂作遊仙枕。打起黃鶯不放啼，一晌留郎寢。

毛奇齡本經學家，其詞旨精深而體温麗，亦特長於小令。近人邵瑞彭謂其「雅近齊、梁以後樂府，風格在晚唐之上。」錄長相思一闋：

長相思，在春晚。朝日曈曈熨花煖。黃鳥飛，綠波滿。雀粟銜素璫，蛛絲斷金翦。欲著別時衣，開箱自展轉。

陳維崧與朱彝尊齊名，而二家風格迥異。陳廷焯謂：「國初詞家，斷以迦陵爲巨擘；後人每喜揚朱而抑陳，以爲竹垞獨得南宋眞脈。」又云：「迦陵詞沈雄俊爽，論其氣魄，古今無敵手；若能加以渾厚沈鬱，便可突過蘇、辛。」（白雨齋詞話）維崧作品之多，殆爲古今詞家之冠；其湖海樓詞集，兼綜各體，而短調「波瀾壯闊，氣象萬千，」（陳說）亦開古今小令未有之奇。如點絳脣云：「悲風吼，臨洺驛口，黃葉中原走。」好事近云：「別來世事一番新，只吾徒猶昨！話到英雄失路，忽涼風索索。」並於「平敍中峯巒忽起，力量最雄。」（陳說）其長調縱筆所之，雄傑排奡，不復務爲含蓄，一如「元祐體」之詩；詞體之解放，蓋至維崧而達於最高頂矣。其尤可注意者，則迦陵詞中，不特開蘇辛未有之境，且以社會思想發之於詞。例如賀新郎「縴夫詞」直似張籍、王建樂府。詞至迦陵，應用無方；而人多不留意於此，特爲拈出如下：

戰艦排江口。正天邊眞王拜印，蛟螭蟠紐。徵發櫂船郎十萬，列郡風馳雨驟。歎閭左、騷然鷄狗。里正前團催後保，盡纍纍鎖繫空倉後。捽頭去，敢搖手？　稻花恰趁霜天秀。有丁男、臨歧訣絕，草間病婦。此去三江牽百丈，雪浪排檣夜吼。背耐得土牛鞭否？好倚後園楓樹下，向叢祠亟倩巫澆酒。神祐我，歸田畝。

清初人詞，大抵不出二派。一派沿明人遺習，以花間草堂爲宗，而工力特勝；其至者乃欲上追五代；如王士禎納蘭性德、彭孫遹諸人是。一派宗蘇、辛，發揚蹈厲，以自寫其胸中磊砢不平之氣，其境界乃前無古人；如曹貞吉、陳維崧諸人是。自浙、常宗派之說起，而風氣爲之一變；雖詞體益尊，氣格益醇，而清初柔婉博大之風，不可復覩矣！

第二十四章　浙西詞派之構成及其流變

清詞之有浙派，蓋樹立於朱彝尊，而肇端於曹溶。（字秋岳，號倦圃，嘉興人。）彝尊嘗稱：「余壯日從先生南游嶺表西北至雲中。酒闌燈炧，往往以小令慢詞，更迭唱和；有井水處，輒爲銀箏檀板所歌。念倚聲雖小道，當其爲之，必崇爾雅，斥淫哇；極其能事，則亦足以宣昭六義，鼓吹元音。往者明三百禩，詞學失傳；先生搜輯遺集，余曾表而出之。數十年來，浙西塡詞者，家白石而戶玉田，春容大雅；風氣之變，實由於此。」（靜志居詩話）浙西詞派之建立，與其所標之宗旨，觀於此、可見一斑矣。

彝尊以學術詞章負重名；習爲倚聲，又與陳維崧分主壇坫；而其標宗立義，乃在所輯詞綜一書。汪森爲之序云「西蜀南唐而後，作者日盛；宣和君臣，轉相矜尚，曲調愈多，流派因之亦別，短長互見；言情者或失之俚，使事者或失之伉。鄱陽姜夔出，句琢字鍊，歸於醇雅；於是史達祖、高觀國羽翼之；吳文英師之於前，趙以夫、蔣捷、周密、陳允平、王沂孫、張炎、張翥效之於後。」彝尊又自言：「塡詞最雅，無過石帚。」（詞綜發凡）由此可知浙派之構成，實奉姜夔爲「圭臬」而直接南宋典雅派之系統者也。

彝尊又稱：「宋以詞名者，浙東西爲多；」幷列舉周邦彥、張炎、仇遠、張先、毛滂、盧祖臯、吳文英、陳允平、陸游、高觀國、尹煥、王沂孫諸人以相標榜；（詳曝書亭集孟彥林詞序）於是其同里李良年，（字武曾，秀水人。）李符、（字分虎，嘉興人。）從而和之；浙中詞人因之大盛。作者如汪森、（字晉賢，桐鄉人，）沈皞日、（字融谷，平湖人。）沈岸登、（字覃九，平湖人。）龔翔麟、（號蘅圃，仁和人。）厲鶚、（字太鴻，號樊榭，錢塘人。）張弈樞（字今培，平湖人。）等，大盛於康熙乾隆之際；而朱彝尊、李良年、李符、厲鶚四家，其卓卓者也。

彝尊有解珮令「自題詞集」云：「老去塡詞，一半是空中傳恨。」又云：「不師秦七，不師黃九，倚新聲玉田差近。」其宗尚所在，於此可知。其茶煙閣體物集，組織甚工，蕃錦集則全集成句，一如「無縫天衣，」然要爲「雕蟲小技」；惟江湖載酒集，灑落有致，靜志居琴趣，盡掃陳言，獨出機杼；（陳廷焯說）爲極可觀耳。譚獻云：「錫鬯其年出而本朝詞派始成，顧朱傷於碎，陳厭其率，流弊亦

百年而漸變。錫鬯情深，其年筆重，固後人所難到；嘉慶以前，爲二家牢籠者十居七八。」（篋中詞）

彝尊爲浙派詞人之祖，影響視維崧尤大，而其魄力遠不逮維崧；一學姜、張，一學蘇、辛，造詣故自不同也。錄彝尊浪淘沙「雨花臺」一闋：

衰柳白門灣，潮打城還。小長干接大長干。歌板酒旗零落盡，賸有漁竿。 秋草六朝寒，花雨空壇。更無人處一憑闌。燕子斜陽來又去，如此江山！

二李詞絕相類，大約皆規模南宋，羽翼竹垞者；武曾較雅正，而才氣則分虎爲勝。（陳廷焯說）彝尊序符耒邊詞云：「分虎游屐所向，南朔萬里，詞帙之富，不減予曩日；殆善學北宋者。頃復示予近稿，益精研於南宋諸名家，而分虎之詞愈變而極工；方之武曾，無異塤篪之迭和也。」錄符釣船笛一闋：

曾去釣江湖，腥浪黏天無際。淺岸平沙自好，算無如鄉里。 從今只住鴨兒邊，遠或泛苕水。三十六陂秋到，宿萬荷花裏。

厲鶚於浙派爲較後起，而有起衰振廢之功。譚獻嘗言：「浙派爲人詬病，由其以姜、張爲止境，而又不能如白石之澀，玉田之潤。」（篋中詞）惟「厲樊榭詞，幽香冷豔，如萬花谷中雜以芳蘭；」（陳廷焯說）「直可分中仙、夢窗之席；」（譚獻說）庶幾於「淸空峭拔」者矣。錄念奴嬌「月夜過七里灘，光景奇絕，歌此調幾令衆山皆響」一闋：

秋光今夜，向桐江、爲寫當年高躅。風露皆非人世有，自坐船頭吹竹。萬籟生山，一星在水，鶴疑重續。拏音遙去，西巖漁父初宿。　心憶汐社沈埋，淸狂不見，使我形容獨。寂寂冷螢三四點，穿破前灣茅屋。林淨藏煙，峯危限月，帆影搖空綠。隨流飄蕩，白雲還臥深谷。

厲鶚之後，有吳翌鳳、（字伊仲，號牧庵，吳縣人。）郭麐、（字祥伯，號頻伽，吳江人，僑居嘉善。）皆浙派中人。譚獻謂：「牧庵高朗，頻伽淸疏，浙派爲之一變；而郭詞則疏俊少年尤喜之。」（篋中詞）郭視吳爲高，而不免失之滑易，又不能望樊榭之項背矣。

浙派至嘉慶、道光間，已日卽於衰敝，乃有項鴻祚（字蓮生，錢塘人）出而振之。譚獻云：「蓮生、古之傷心人也，盪氣回腸，一波三折；有白石之幽澀而去其俗，有玉田之秀折而無其率，有夢窗之深細而化其滯，殆欲前無古人。」（篋中詞）鴻祚家本富有，而塡詞幽豔哀斷，與納蘭性德異曲同工；

其高者殆近南唐，非浙派之所能囿也。錄玉漏遲「冬夜聞南鄰笙歌達曙」一闋：

病多歡意淺。空篝素被，伴人悽惋。巷曲誰家？徹夜錦堂高讌。一片氍毹月冷，料鐙影衣香烘暖。嫌漏短，漏長卻在，者邊庭院。　沈郎瘦已經年，更嬾拂冰絲，賦情難遣。總是無眠，聽到笛慵簫倦。咫尺銀屏笑語，早檐角驚烏啼亂。夢遠，聲聲曉鐘敲斷。

第二十五章　散曲之衰敝

清代詞盛而曲衰。蓋自明梁、沈以來，曲體已日趨於凝固，專崇韻律，氣象彫枯；民間小曲流行，漸有「取而代之」之勢。清初作者，承梁、沈遺風，多所拘牽，劣能自振。康熙、雍正而後，家伶日少，臺閣鉅公，不喜聲樂，歌場奏藝，僅習舊詞。（參看吳梅中國戲曲概論）新聲肄習無人，卽爲散曲，亦不必播諸絃管。士大夫之愛好文藝，崇尚騷雅者，乃羣趨於詞之復興運動，而散曲遂一蹶而不復振矣。作家間出，大都以詩詞餘力爲之，罕有專詣，亦一時風會使然也。

清初專尚南曲，作者如沈謙、（字去矜，仁和人。）尤侗，（字展成，號悔菴，長洲人。）下逮康熙、乾隆間之吳綺、（字薗次，江都人。）蔣士銓、（字定甫，鉛山人。）吳錫麒，（字穀人，一字聖徵，錢塘人。）合爲一派；而沈謙東江別集多集曲翻譜之作，梁、沈之嫡傳也。尤、蔣特善雜劇，散曲亦偶爲之。二吳所作較多，而錫麒尤勝。其八月十八日秋濤宮觀潮一套，氣象壯闊，非梁、沈所能範圍，亦一時名製也。逐錄如下：

〔南中呂好事近〕斜照送登樓，拓開胸底淸秋。千檣薺簇，全教攏了沙洲。颼颼，閃過空江風色，墮涼雲先有飛鷗。霎時間天容變也，看靑蓮大地，我亦如浮。〔錦纏道〕者前頭，似銀潢從空倒流，斜界一條秋。倏靈蛇東奔西掣，接著難休。響硠硠雷車礮驟，高矗矗雲山飛陡，四面撼危樓。漸離卻樟亭赤岸，一路的和沙折柳。更道憑仗鴟夷勢，水犀軍渾不怕婆留。〔普天樂〕羽林槍前驅走，佽飛隊中權守。折波濤顚倒天吳，逐風雲上下陽侯。青天溼透。惹烏啼兔泣，罾憤龍愁。〔榴花泣〕〔石榴花首至四〕一聲彈指重見涌瓊樓。湘女倚，虙妃游，神仙縹緲數螺浮，度匆匆羽葆霞斿。〔泣顏回五至末〕珠璣亂丟，雜冰涎噴出龍公口，猛淋侵帕漬鮫綃，忒模糊錦涴魚油。〔古輪臺〕問根由，古來曾閱幾春秋？卻煩壽酒今番酹。大江依舊，呼吸神通，過了天長地久。有甚難平？一番息後，但聽伊嗚咽過津頭。歎則歎茫茫世宙，也等閒消長如漚。殘山剩水，荷花桂子，故宮回首，寂寞付寒流。看來去，只銅駝無語鐵幢愁。〔尾聲〕朝又夕，春復秋，能唱到風波定否？怪不得回轉嚴灘總白頭。

浙派詞人朱彝尊，兼填北曲小令，以元人喬吉、張可久爲宗。其論詞主姜、張，專尚清空騷雅。喬、張散曲，風格略同。彝尊并力追蹤，以自成其「詞人之曲」。所爲葉兒樂府，多清麗之音，洵詞人吐屬也。錄一半兒「靈隱」一段：

冷泉亭子面山崖，蕭九娘家沽酒牌，壚畔碧桃花亂開。到重來，一半兒依然一半兒改！

厲鶚與彝尊同調，所爲北樂府小令，閒效康沜東體，大部風格皆近張小山。錄柳營曲「尋秦淮舊院遺址」一段：

支瘦笻，訪城東，板橋夕陽依舊紅。名士詞工，狎客歌終。醉臥錦䑃叢，閑愁埋向其中，溫柔老卻吳儂。香銷南國盡，花落後庭空。風，吹夢去無蹤。

朱、厲二家之後，宗喬、張者，有劉熙載（號融齋，興化人）許光治等。熙載俯就南曲，求合崑腔。光治心好喬、張，自謂：「情之所宜，每爲邯鄲之步；然音律未嫻，其聲之高下不入格者，當復不少。然第寄意云耳，於聲律固不計也。」（江山風月譜散曲自序）錄慶東原一段：

雲低宇，風滿廬，陰晴天氣商量雨。林鴉新乳，桑鳩剩語，梁燕剛雛。人困也日初長，花謝了春歸去。

趙慶熹（字秋舲，仁和人。）約與蔣士銓等同時；而刻意學施紹莘，不爲上述兩派所囿。其香銷酒醒曲，能融元人北曲之法入南詞，在清代確爲當行作家。慶熹以對月有感套中之江兒水一支負盛名，特爲節錄；幷擧謝文節公遺琴全套如下：

〔江兒水〕自古歡須盡，從來滿必收。我初三瞧你眉兒鬭，十三窺你妝兒就，二三覷你龐兒瘦，都在今宵前後。何况人生，怎不西風敗柳？

〔南商調二郎神〕天風大，猛吹來琴聲入破，彈落的冬青花萬朶。愁宮怨羽，是當時鐵馬金戈。這瘦玉條條忠膽做，合配那麻衣淚裹。待摩挲，還只怕海潮飛濺起紅波。〔前腔換頭〕山河！君絃斷了問誰人擔荷？把浩刧紅羊愁裏過。燕雲去後，看看沒處騰挪。聽塞鼓邊笳聲四合，冷照著僧房暗火。漫延俄，眼見得沒黃沙荊棘銅駝。「集賢賓」有多少宮車細馬結隊過。他斜抱雲和，似這短調淒涼何處可？算知音只有曹娥。餘生菜果，乾守定幾時淸餓。眞坎坷！料獨自囊琴悲臥。「黃鶯兒」壯志已消磨，賸枯桐三尺多，松風一曲有人兒和。痛江山奈何！戀生涯怎麽淚珠兒齊向冰絃墮。可憐他，一聲聲應是，應是采薇歌。（琥珀貓兒墜）六陵火後，餘響振蛟鼉回首厓山日易矬，瑤花死後葬雲窩。搜羅，虧得劚苔封款字無訛。（尾聲）奇珍未許浮塵涴，算今日人琴證果，只是落葉商聲繞指多！

淸人散曲之差強人意者，略盡於上述諸家。此外如吳綺之林蕙堂塡詞，陳棟之北涇草堂北樂府，趙對澂之小羅浮館雜曲，許寶善之自怡軒樂府，毛瑩之晚宜樓雜曲，魏熙元之玉玲瓏曲存，石韞玉之花韻庵南北曲，謝元淮之養默山房散套，楊恩壽之坦園詞餘，秦雲之花間臘譜，凌廷堪之梅邊吹笛譜，沈淸瑞之櫻桃花下銀簫譜，雖各具規模，而能卓然自立者鮮矣！

散曲衰而民間盛行道情之體，蓋亦散曲之支流。文人如鄭燮、（號板橋，興化人。）徐大椿、（字靈胎，吳江人。）皆有創製。大椿通音律，嘗稱道情「乃曲體之至高至妙者；」而「時俗所唱之耍孩兒、淸江引數曲卑靡庸濁，全無超世出塵之響，其聲竟不可尋，」引以爲惜。因「卽今所存耍孩兒諸曲，究其端倪，推其本初，沿其流派，似北曲仙呂入雙調之遺響。乃推廣其音，令開合弛張，顯微曲折，無所不暢。聲境一開，愈轉而愈不窮，實有移情易性之妙。」（洄溪道情自序）大椿既創新腔，又以

「有聲無辭，可餉知音，難以動衆；」乃更撰爲新詞，「半爲警世之談，半寫閒遊之樂，」語淺而情摯，亦曲體之風格特殊者也。因附及之，兼錄戒爭產一首爲例：

爭田地，終日諠。錦江山，不要錢。人生何苦把家園戀？崑崙在右邊，滄海在左邊。那其間千村萬落，奇花異卉，舟車士女，無萬無千。你把輕舟掛了帆，駿馬加了鞭，便走到五載三年，也怕你遊他不遍。何苦將這破屋荒田，與旁人爭長論短？你說道傳與子孫，只怕你的子孫敗得來身上無綿，手裏無錢；得了人幾串青蚨，幾片銀邊，把筆來寫得根根固固，杜杜絕絕，土無一寸，瓦無半片。那時節你在黃泉，方曉得枉拋了十萬倍錦繡乾坤，又保不住一角兒土缺牆圈。

第二十六章　常州派之興起與道咸以來詞風

常州詞派，倡始於張惠言，（字皋文，武進人。）而發揚於周濟。（字保緒，號止庵，荊溪人。）惠言以易學大師，乘浙派頽靡之際，以風騷之旨相號召，輯詞選一書而爲之敍曰：「詞者，蓋出于唐之詩人，採樂府之音，以制新律，因繫其詞，故曰詞。傳曰：『意內而言外謂之詞。』其緣情造端，興于微言，以相感動，極命風謠里巷男女哀樂，以道賢人君子幽約怨悱不能自言之情，低徊要眇，以喻其致；蓋詩之比與變風之義，騷人之歌，則近之矣。然以其文小，其聲哀，放者爲之，或跌蕩靡麗，雜以昌狂俳優。然要其至者，莫不惻隱盱愉，感物而發，觸類條鬯，各有所歸；非苟爲雕琢曼辭而已。」其論詞宗旨，具見於是。惠言以說經之見解，推論詞之本體與起源，要不免於「拘墟」；而壹意提高詞體，以防淫濫之失，則自詞與樂離之後，有不得不如此者。惠言又謂：「幾以塞其下流，導其淵源，無使風雅之士，懲于鄙俗之音，不敢與詩賦之流，同類而風誦之；」則其意固欲以此體上接風、騷，而一切庸濫俗靡，乃至「無病呻吟」之作，皆擯諸門外，而體格自高矣。詞至清代，原已發露無遺；得惠言而其體遂尊，學者競崇「比興」，別開塗術，因得重放光明，此常州詞派之所以盛極一時，而竟奪浙派之席也。

張氏詞選，所錄僅四十四家，一百十六首，門庭過於狹隘；潘德輿（字四農，山陽人。）即起而非之曰：「張氏詞選抗志希古，標高揭己，宏音雅調，多被排擯。五代北宋，有自昔傳誦，非徒隻字之警者，亦多剗然置之。」（與葉生書）就詞論詞，潘說切中張選之病。至周濟受詞學於董士錫，（字晉卿，武進人。）董爲詞實師其舅氏張皋文、翰風（琦）兄弟，淵源有自，因從其說而推拓之；標舉周邦彥、辛棄疾、吳文英、王沂孫四家，教學者「問塗碧山，歷夢窗、稼軒，以還清眞之渾化。」（宋四家詞選敍論）由是常州詞派，疆宇恢宏，遂大行於嘉慶、道光以後矣。

惠言兄弟既同撰詞選，以相砥礪；一時聞風而起，與表同情者，有惲敬、（字子居，陽湖人。）錢季重、（陽湖人。）丁履恆（字若士，武進人。）陸繼輅、（字祁生，陽湖人。）左輔、（字仲甫，陽湖人。）李兆洛、（字申耆，陽湖人。）黃景仁、（字仲則，陽湖人。）鄭掄元、（字善長，歙縣人。）金應城、（字子彥、歙縣人。）金式玉（字朗甫，歙縣人。）等，皆不媿一時作家；而董士錫造微踵美，爲其後勁。

惠言詞大雅遒逸，振北宋名家之緒，以自成其爲「學者之詞」。錄水調歌頭一闋：

百年復幾許？慷慨一何多！子當爲我擊筑，我爲子高歌。招手海邊鷗鳥，看我胸中雲夢，蔕芥近如何？楚越等閒耳，肝膽有風波。 生平事，天付與，且婆娑。幾人塵外，相視一笑醉顏酡。看到浮雲過了，又恐堂堂歲月，一擲去如梭。勸子且秉燭，爲駐好春過。

周濟精於持論；其介存齋論詞雜著，極不喜姜夔、張炎，適與浙派立於反對地位。又謂：「詞非寄託不入，專寄託不出。一事一物，引伸觸類，意感偶生，假類必達，斯入矣；萬感橫集，五中無主，赤子隨母笑啼，野人緣劇喜怒，能出矣。」（宋四家詞選敍論）說皆精到，影響於清季詞壇者尤深。其自爲詞，精密純正，與惠言相近。錄蝶戀花一闋：

柳絮年年三月暮。斷送鶯花，十里湖邊路。萬轉千回無落處，隨儂只恁低低去。 滿眼頹垣攲病樹。縱有餘英，不直封姨妒。煙裏黃河遮不住，河流日夜東南注。

稍後於濟者，有蔣敦復（字劍人，寶山人。）詞宗北宋，持論略與濟同。咸豐、同治以還，詞家多受常州影響；至清季王、朱諸家，造詣益宏，又非張、周之所能及矣。

道光、咸豐以來，詞家於常浙二派之外，能卓然自樹者，有周之琦、（字稺圭，祥符人。）蔣春霖（字鹿潭，江陰人。）二家。

之琦爲嘉慶十三年進士，官廣西巡撫。曾撰心日齋十六家詞選，譚獻稱其「截斷衆流，金鍼度與，雖未及皋文、保緒之陳義甚高，要亦倚聲家疏鑿手也。」（篋中詞）其詞之高者，往往近唐人佳境，寄託遙深，珠玉、六一之遺音也。例如思佳客：

帊上新題間舊題，苦無佳句比紅兒。生憐桃萼初開日，那信楊花有定時？ 人悄悄，晝遲遲，殷勤好夢託蛛絲。繡幃金鴨熏香坐，說與春寒總不知。

春霖一生落拓，又值咸豐兵事，流離顛沛，備極酸辛。其詞本亦出於姜夔，而尤與張炎爲近；徒以身世之感，發爲蒼涼激楚之音，非浙派諸家所及耳。譚獻評其詞集云「水雲樓詞，固清商變徵之聲，而流別甚正，家數頗大，與成容若、項蓮生，二百年中，分鼎三足。咸豐兵事，天挺此才，爲倚聲家杜老。」（篋中詞）又謂「惟三家始是詞人之詞，」可稱碻論。錄木蘭花慢「江行晚過北固山」一闋：

泊秦淮雨霽，又鐙火，送歸船。正樹擁雲昏，星垂野闊，暝色浮天。蘆邊，夜潮驟起，暈波心月影盪江圓。夢醒誰歌楚些?泠泠霜激哀絃。　嬋娟，不語對愁眠，往事恨難捐。看莽莽南徐，蒼蒼北固，如此山川！鉤連更無鐵鎖，任排空檣艣自迴旋。寂寞魚龍睡穩，傷心付與秋煙。

周蔣二家之外，如戈載、（字順卿，吳縣人。）莊棫、（字中白，丹徒人。）譚獻、（字仲修，號復堂，仁和人。）各有建樹；而經師陳澧（字蘭甫，號東塾，番禺人。）亦以詞名；其憶江南館詞，綽有雅音；可見咸豐以後詞壇之盛矣！

戈載論詞律極精，於旋宮八十四調之旨，多所探討；所著詞林正韻，學者咸遵用之。惟所作詞晦澀[illegible]離，情文不副；其人但可與言詞學，不足以與於詞家也。

莊棫、譚獻並稱於同治、光緒間；大抵皆標比興，崇體格，受常州派影響。棫嘗稱：「自古詞章，皆關比興；斯義不明，體製遂舛。狂呼叫囂，以爲慷慨；矯其弊者，流爲平庸。」（譚復堂詞序）即此數言，可知其宗旨所在矣。譚詞品骨甚高，而論者以爲尚不及棫。朱孝臧曰：「皋文後，私淑有莊譚；」（彊村語業望江南）知二家固常州之嫡派也。錄棫蝶戀花一闋：

綠樹陰陰晴晝午。過了殘春，紅萼誰爲主?宛轉花旛勤擁護，簾前錯喚金鸚鵡。　回首行雲迷洞戶。不道今朝，還比前朝苦。百草千花羞看取，相思只有儂和汝。

第二十七章　清詞之結局

自常州派崇比興以尊詞體，而俳巧浮滑之風息。同治、光緒以來，國家多故，內憂外患，更迭相乘。士大夫怵於國勢之危微，相率以幽隱之詞，藉抒忠憤。其篤學之士，又移其校勘經籍之力，以從事於詞籍之整理與校刊。以是數十年間，詞風特盛；非特為清詞之光榮結局，亦千年來詞學之總結束時期也。

莊、譚而後，主持風氣者，有王鵬運、（字佑霞，號半塘，又號鶩翁，廣西臨桂人。）文廷式、（字道希，號芸閣，江西萍鄉人。）鄭文焯、（字小坡，一字叔問，號大鶴，奉天鐵嶺人。）朱孝臧、（一名祖謀，字古微，號漚尹，又號彊邨，浙江歸安人。）況周頤（字夔笙，號蕙風，臨桂人。）等；王、朱兼精校勘，鄭、況并善批評；且作詞宗尚略同；惟文氏微為別派耳。

鵬運官內閣時，與端木埰（字子疇，江寧人。）論詞至契；埰固篤嗜碧山者；（碧瀣詞自序）鵬運浸潤既深，不覺與之同化。孝臧爲半塘定稿序稱：「君詞導源碧山，復歷稼軒、夢窗，以還淸眞之渾化；與周止庵氏說契若鍼芥。」據此、知鵬運實承常州派之系統，特其才力雄富，足以發揚光大之耳。鵬運論詞，別標三大宗旨：一曰「重」，二曰「拙」，三曰「大」。其自作亦確能秉此標的而力赴之。庚子聯軍入京，鵬運陷危城中不得出，因與孝臧諸人，集四印齋，日夕塡詞以自遣，合刻庚子秋詞；大抵皆感時撫事之作也。鵬運生平抑塞，恆自悼傷；既彙刻四印齋詞，流布宋元詞籍；復「當沈頓幽憂之際，不得已而託之倚聲，」（味棃集後序）故其詞多沈鬱悲壯之音，自成其爲「重」且「大」；同時作者、如文焯、周頤輩，無此魄力也。錄浣溪沙「題丁兵備畫馬」一闋：

苜蓿闌干滿上林，西風殘秣獨沈吟，遺臺何處是黃金？　空闊已無千里志，馳驅枉費百年心，夕陽山影自蕭森。

廷式於光緒朝，銳意講求新政。既爲那拉后所忌，避走日本；旋歸國，幽憂以死。其於淸代詞家，僅推許曹貞吉、納蘭性德、張惠言、蔣春霖四人，而於浙派排擊甚力；謂：「自朱竹垞以玉田爲宗，所選詞綜，意旨枯寂。後人繼之，尤爲冗漫。以二窗爲祖禰，視辛劉若仇讎。家法若斯，庸非巨謬？」（雲起軒詞自序）其詞極兀傲俊爽，聊以「寫其胸臆」風格在稼軒、須溪間。錄賀新郎「贈黃公度觀察」一闋：

遼東歸來鶴，翔千仞、徘徊欲下，故鄉城郭。曠覽山川方圓勢，不道人民非昨。便海水盡成枯涸。留取荊軻心一片，化蟲沙不羨鈞天樂。九州鐵，鑄今錯。　平生儘有青松樂，好布被、橫擔榔栗，萬山行腳。閶闔無端長風起，吹老芳洲杜若。撫劍脊苔花漠漠。吾與重華遊玄圃，邅迴車日色崦嵫薄。歌慷慨，南飛鵲。

文焯家門鼎盛，而被服儒雅，旅食蘇州，近四十年。生平雅慕姜夔，亦精於音律；爲詞守律甚嚴，而蕭疏俊逸之氣，終不可掩。錄迷神引一闋：

看月開簾驚飛雨，萬葉戰秋紅苦。霜飆雁落，繞滄波路。一聲聲，催笳管，替人語。銀燭金鑪夜，夢何處？到此無聊地，旅魂阻。　睠想神京，縹緲非煙霧。對舊山河，新歌舞。好天良夕，怪輕換，華年柱。塞庭寒，江關暗，斷鐘鼓。寂寞衰鐙側，空淚注。迢迢雲端隔，寄愁去。

孝臧受詞學於鵬運，誼在師友之間。既迭與唱酬，復相共校勘夢窗詞集。其爲詞亦自夢窗入，而興寄遙深；於清季朝政得失，與變亂衰亡之由，咸多寓意。辛亥後，旅居滬瀆，纘鵬運之緒，校刊宋元、八詞集一百七十餘家，爲彊邨叢書；比勘精嚴，洵宋、元詞之最大結集。海內言詞者，莫不推重之。陳三立稱其詞「幽憂怨悱，沈抑緜邈，莫可端倪。」（朱公墓誌銘）張爾田又言：其晚年詞，「蒼勁沈著，絕似少陵夔州後詩。」茲錄二闋如下：

聲聲慢「十一月十九日味聃以落葉詞見示感和」

鳴螿頹城，吹蝶空枝，飄蓬人意相憐。一片離魂，斜陽搖夢成煙。香溝舊題紅處，拚禁花憔悴年年。寒信急，又神宮悽奏分付哀蟬。　終古巢鸞無分，正飛霜金井，拋斷纏綿。起舞迴風，纔知恩怨無端。天陰洞庭波闊，夜沈沈流恨湘絃。搖落事，向空山休問杜鵑。（爲德宗還宮後恤珍妃作）

小重山「晚過黃渡」

過客能言隔歲兵。連邨遮戍壘，斷人行。飛輪銜暝試春程。迴風起，猶帶戰塵腥。　日落野煙生。荒螢三四點，淡於星。叫羣創雁不成聲。無人管，收汝淚縱橫。（齊盧戰後作）

周頤學詞最早，旣入京，與鵬運同在內閣，益以此相切磋。鵬運較長於周頤多所規誡，又合同校宋元人詞，如是數年，而造詣益進。其生性不甚耐於斠勘之學，而特善批評，頗與王、朱異趣。所爲蕙風詞話，孝臧推爲絕作。周頤論詞，於鵬運三大宗旨外，又益一「眞」字；謂「眞字是詞骨。情眞景眞，所作必佳。」周頤自言少作難免尖豔之譏，後雖力崇風骨，而仍偏於淒豔一路，或天性使然歟？錄浣溪沙「聽歌有感」一闋：

惜起殘紅淚滿衣，他生莫作有情癡，人天無地著相思。　花若再開非故樹，雲能暫駐亦哀絲，不成消遣只成悲。

五家之外，有沈曾植，（字子培，號乙庵，又號寐叟，嘉興人。）聞見博洽，冠於近代諸儒。餘力塡詞，蒼涼激楚，開秀水詞家未有之境。於淸季詞人中，與文廷式之學稼軒，差相髣髴。錄浪淘沙「題邊景昭畫鷄」一闋：

老作喌鷄翁，晦雨靈風，窮愁志就話籠東。任遣尸居還口數，窠下兒童。　蟲蟻偏區中，啄啄何功？越家伏卵魯家雄。賴有此君相慰藉，篩影玲瓏。

詞自宋末不復重被管絃，歷元、明而就衰敝。清代諸家出，始崇意格，以自爲其「長短不葺之詩，」性情抱負，藉是表現。中經常浙二派之遞衍，以迄晚近諸家之振發，舍音樂關係外，直當接跡宋賢，或且有宋賢未闢之境；孰謂宋以後無詞哉？

附錄

中國韻文簡要書目

詩歌

（1）叢刊

全漢三國晉南北朝詩（丁福保輯　醫學書局排印本）

全唐詩（清康熙御定　同文書局影印武英殿本）

（2）總集

毛詩注疏（漢鄭玄箋　唐孔穎達疏　十三經注疏本）

詩毛氏傳疏（清陳奐疏　商務印書館排印本）

詩經集注（宋朱熹集注　通行本）

楚辭補注（漢王逸注　宋洪興祖補　掃葉山房石印本）

楚辭集注（宋朱熹集注　掃葉山房石印本）
六臣注文選（梁昭明太子撰　唐李善呂延濟等注　四部叢刊影宋本）
玉臺新詠集（陳徐陵撰　四部叢刊影明本）
古詩紀（明馮惟訥編　四部叢刊續編影明本）（未出）
古詩源（清沈德潛輯　商務印書館排印本）
樂府詩集（宋郭茂倩輯　四部叢刊影明本）
八代詩選（清王闓運選　掃葉山房石印本　長沙局刻本）
河嶽英靈集（唐殷璠撰　四部叢刊影明本）
西崑唱酬集（不著編輯姓氏　四部叢刊影舊鈔本）
宋詩鈔（清吳之振輯　商務印書館影印本）
宋詩鈔補（清管庭芬輯　商務排印本）
中州集（金元好問撰　四部叢刊影元本）

元詩選（清顧嗣立輯　秀野草堂舊刊本）
五朝詩別裁集（清沈德潛等選　掃葉山房石印本）
十八家詩鈔（清曾國藩輯　四部備要本　商務排印本）
古今詩選（清王士禎姚鼐選　掃葉山房石印本）
唐人萬首絕句選（清王士禎選　商務排印本）
近代詩鈔（陳衍輯　商務排印本）

（３）別集

屈原賦注（清戴震注　萬有文庫本）
曹子建詩注（魏曹植撰　黃節注　商務排印本）
阮嗣宗詩注（晉阮籍撰　黃節注　北京大學排印本）
箋注陶淵明集（晉陶潛撰　宋李公煥箋　四部叢刊影宋本）
鮑氏集（宋鮑照撰　四部叢刊影明鈔本）

謝康樂詩注（宋謝靈運撰　黃節注　北京大學排印本）
謝宣城集（齊謝朓撰　四部叢刊影明鈔本）
庾子山集（周庾信撰　清倪璠注　舊刻本）
陳伯玉集（唐陳子昂撰　四部叢刊影明本）
李太白詩注（唐李白撰　清王琦注　舊刊通行本）
杜詩詳注（唐杜甫撰　清仇兆鰲注　商務排印本）
杜詩鏡銓（清楊倫注　掃葉山房石印本）
王右丞集箋注（唐王維撰　清趙殿成注　舊刊本）
岑嘉州詩（唐岑參撰　四部叢刊影明本）
孟浩然集（唐孟浩然撰　四部叢刊影明本）
劉隨州詩集（唐劉長卿撰　四部叢刊影明本）
韋江州集（唐韋應物撰　四部叢刊影明本）

劉夢得文集（唐劉禹錫撰　四部叢刊影宋本）
孟東野詩集（唐孟郊撰　四部叢刊影明本）
李賀歌詩編（唐李賀撰　四部叢刊影金本）
韓昌黎詩集注（唐韓愈撰　清顧嗣立注　朱彝尊何焯評　五色套印本）
注釋音辨唐柳先生文集（唐柳宗元撰　宋童宗說注　四部叢刊影元本）
元氏長慶集（唐元稹撰　四部叢刊影明本）
白氏文集（唐白居易撰　四部叢刊影日本活字本）
杜樊川詩集（唐杜牧撰　舊刊本）
玉谿生詩詳注（唐李商隱撰　清馮浩注　掃葉山房石印本）
溫飛卿集箋注（唐溫庭筠撰　清曾益注　舊刊本）
玉川子詩集（唐盧仝撰　四部叢刊影舊鈔本）
玉山樵人集（唐韓偓撰　四部叢刊影舊鈔本）

蘇學士文集（宋蘇舜欽撰　四部叢刊本）
宛陵先生集（宋梅堯臣撰　四部叢刊影明本）
王荆公詩注（宋王安石撰　李壁注　掃葉山房影印本）
蘇文忠公詩合注（宋蘇軾撰　清馮應榴注　踵息齋舊刊本）
山谷詩注（宋黄庭堅撰　任淵注　義寧陳氏影宋刊本　又山谷祠堂刊本）
后山詩注（宋陳師道撰　任淵注　四部叢刊影高麗本）
箋注簡齋詩集（宋陳與義撰　胡穉注　四部叢刊影宋本）
石湖居士詩集（宋范成大撰　四部叢刊本）
誠齋集（宋楊萬里撰　四部叢刊影宋鈔本）
劍南詩稿（宋陸游撰　四部備要本）
精選陸放翁詩（宋羅椅劉辰翁選　四部叢刊影明本）
元遺山詩集箋注（金元好問撰　清施國祁注　掃葉山房石印本）

道園學古錄（元虞集撰　四部叢刊影明本）

鐵崖古樂府（元楊維楨撰　四部叢刊影明本）

高太史大全集（明高啓撰　四部叢刊影明本）

吳梅村詩注（清吳偉業撰　吳翌鳳注　掃葉山房石印本）

漁洋山人精華錄（清王士禎撰　四部叢刊本　有正書局本有箋注）

曝書亭詩注（清朱彝尊撰　李富孫注　掃葉山房石印本）

敬業堂集（清查愼行撰　四部叢刊本）

樊榭山房集（清厲鶚撰　四部叢刊本　掃葉山房石印本）

兩當軒詩鈔（清黃景仁撰　掃葉山房石印本）

巢經巢詩集（清鄭珍撰　古書流通處清代學術叢書本）

秋蟪吟館詩鈔（清金和撰　金氏家刻本）

伏敔堂詩錄（清江湜撰　福州刊本）

入境廬詩稿（清黃遵憲撰　商務印書館仿宋印本）
散原精舍詩（陳三立撰　商務排印本）
海藏樓詩（鄭孝胥撰　鄭氏精刊本　蟫隱廬縮印本）
石遺室詩集（陳衍撰　陳氏家刻本）

（4）其他撰述

詩品（梁鍾嶸撰　漢魏叢書本　陳延傑注本）
唐詩紀事（宋計有功撰　四部叢刊影明本　醫學書局排印本）
宋詩紀事（清厲鶚撰　舊刊本）
元詩紀事（陳衍撰　商務排印本）
詩話總龜（宋阮閱撰　四部叢刊影明本）
苕漁溪隱叢話（宋胡仔撰　四部備要本　舊刊本）
歷代詩話（丁福保輯　醫學書局石印本）

歷代詩話續編（丁福保輯　醫學書局排印本）

清詩話（丁福保輯　醫學書局排印本）

石遺室詩話（陳衍撰　商務排印本）

（5）時人論著

白話文學史（胡適著　新月書店出版）

中國詩史（陸侃如馮沅君合編　大江書舖出版）

現代中國文學史（錢基博著　世界書局出版）

中國韻文通論（陳鍾凡著　中華書局出版）

詞曲

（1）叢刊

宋六十名家詞（明毛晉輯刊　錢塘汪氏刊本　石印巾箱本）

名家詞集（清侯文燦輯刊　粟香室叢書本）

詞學叢書（清秦恩復輯刊　秦氏享帚精舍本）

四印齋所刻詞（清王鵬運校刊　原刻本）

宋元名家詞（清江標輯刊　湖南刊本）

雙照樓影刊宋金元明本詞正續編（吳昌綬陶湘輯刊　精刻本）

彊邨叢書（朱孝臧校刊　宋元人詞以此書搜羅最富校勘最精）

唐五代二十一家詞輯（王國維輯　觀堂全書本）

校輯宋金元人詞（趙萬里輯　中央研究院排印本）

石蓮庵山左人詞（清吳重熹輯刊　原刻本）

彊邨遺書（龍沐勛輯刊　新刻本）

小檀欒室彙刻閨秀詞（徐乃昌輯　家刻本）

飲虹簃所刻曲（盧前校刊　家刻本）

散曲叢刊（任訥輯刊　中華書局聚珍版本）

（2）總集

雲謠集雜曲子（唐寫本　彊邨遺書本）

花間集（蜀趙崇祚輯　四印齋本　四部叢刊影明本）

尊前集（不著撰人姓氏　彊邨叢書本）

樂府雅詞（宋曾慥輯　四部叢刊影舊鈔本）

唐宋諸賢絕妙詞選（宋黃昇輯　四部叢刊影明本）

中興以來絕妙詞選（宋黃昇輯　四部叢刊影明本）

陽春白雪（宋趙聞禮輯　詞學叢書本）

絕妙好詞箋（宋周密輯　清厲鶚查爲仁箋　舊刊本　掃葉山房石印本）

草堂詩餘（不著撰人姓氏　四部叢刊本　中國書店排印本）

中州樂府（金元好問輯　彊邨叢書本）

花草粹編（明陳耀文編　盋山精舍影明刻巾箱本）

歷代詩餘（清康熙御定　蟫隱廬影殿本）
三朝詞綜（淸朱彝尊王昶輯　舊刊本）
詞選（淸張惠言編　掃葉山房石印本）
宋四家詞選（淸周濟編　詞選七種本）
宋六十一家詞選（馮煦編　光緒時刊本）
唐五代詞選（淸成肇麐編　萬有文庫本）
宋詞三百首（上彊邨民編　歸安朱氏家刻本）
篋中詞（淸譚獻編　通行刊本　以下淸詞）
詞莂（朱孝臧張爾田合編　彊邨遺書本）
朝野新聲太平樂府（元楊朝英編　四部叢刊影元本　以下散曲）
陽春白雪（元楊朝英編　徐乃昌影元刊本　散曲叢刊本）
樂府羣玉（元胡存善編　散曲叢刊本）

梨園按試樂府新聲（不著撰人　盧前傳鈔河南大學排印本）

雍熙樂府（不著撰人　四部叢刊續編影明本）

詞林摘豔（明張祿增輯　惜餘軒影明本）

太霞新奏（明顧曲散人編　北平圖書館影明巾箱本）

南北宮詞紀（明陳所聞編　明刊本）

元曲三百首（任訥編　民智書局排印本）

（3）別集

陽春集（南唐馮延己撰　四印齋本）

南唐二主詞（南唐中主後主撰　趙萬里影明本　商務學生國學叢書本僅題李後主詞）

珠玉詞（宋晏殊撰　宋六十家詞本）

張子野詞（宋張先撰　彊邨叢書本）

醉翁琴趣外篇（宋歐陽修撰　雙照樓本　毛本題六一詞內容亦異）

樂章集（宋柳永撰　彊邨叢書本）

小山詞（宋晏幾道撰　彊邨叢書本　商務排印本）

東坡樂府（宋蘇軾撰　彊邨叢書編年本　四印齋本　商務排印本）

山谷琴趣外篇（宋黃庭堅撰　彊邨叢書本）

晁氏琴趣外篇（宋晁補之撰　雙照樓本　商務排印本）

淮海居士長短句（宋秦觀撰　彊邨叢書本　葉恭綽影宋本）

清眞集（宋周邦彥撰　彊邨叢書陳元龍注本題片玉集　鄭文焯校刊本　商務排印本）

東山樂府（宋賀鑄撰　彊邨叢書本　商務排印本）

樵歌（宋朱敦儒撰　彊邨叢書本）

白石道人歌曲（宋姜夔撰　彊邨叢書本　榆園叢刻本）

稼軒長短句（宋辛棄疾撰　四印齋本　商務排印本）

梅溪詞（宋史達祖撰　四印齋本）

後邨長短句（宋劉克莊撰　彊邨叢書本）
夢窗詞（宋吳文英撰　彊邨遺書本　四印齋本）
須溪詞（宋劉辰翁撰　彊邨叢書本）
蘋洲漁笛譜（宋周密撰　清江賓谷考證　彊邨叢書本）
竹山詞（宋蔣捷撰　宋六十家詞本　彊邨叢書本）
山中白雲詞（宋張炎撰　江賓谷疏證　彊邨叢書本）
花外集（宋王沂孫撰　四印齋本）
漱玉集（宋李清照撰　四印齋本　李文裿輯本）
明秀集（金蔡松年撰　四印齋本）
遺山樂府（金元好問撰　彊邨叢書本　掃葉山房石印本）
圭塘樂府（元許有壬撰　彊邨叢書本）
蛻巖詞（元張翥撰　彊邨叢書本）

陳忠裕公詞（明陳子龍撰　趙氏惜陰堂叢書新刊本）

道援堂詞（明屈大均撰　惜陰堂叢書本）

衍波詞（清王士禎撰　山左人詞本）

珂雪詞（清曹貞吉撰　山左人詞本　四部備要本）

彈指詞（清顧貞觀撰　排印本）

飲水詞（清納蘭性德撰　榆園叢刻本　有正書局影印本）

延露詞（清彭孫遹撰　舊刊本）

湖海樓詞（清陳維崧撰　四部叢刊陳迦陵集本　四部備要本）

曝書亭詞（清朱彝尊撰　四部叢刊曝書亭集本）

樊榭山房詞（清厲鶚撰　四部叢刊樊榭山房集本）

憶雲詞（清項鴻祚撰　榆園叢刻本）

金粱夢月詞（清周之琦撰　舊刊本）

水雲樓詞（清蔣春霖撰　曼陀羅閣刊本）
半塘定稿（清王鵬運撰　歸安朱氏刊本）
樵風樂府（清鄭文焯撰　大鶴山房全書本）
雲起軒詞鈔（清文廷式撰　懷豳雜俎本）
彊邨語業（清朱孝臧撰　彊邨遺書本）
蕙風詞（清況周頤撰　惜陰堂叢書本）
東籬樂府（元馬致遠撰　任訥輯　散曲叢刊本　以下散曲）
惺惺道人樂府（元喬吉撰　任訥輯　散曲叢刊本）
小山樂府（元張可久撰　散曲叢刊本）
酸甜樂府（元貫雲石徐再思撰　任訥輯　散曲叢刊本）
雲莊休居樂府（元張養浩撰　飲虹簃所刻曲本）
沜東樂府（明康海撰　散曲叢刊本）

碧山樂府（明王九思撰　明刊本）
王西樓先生樂府（明王磐撰　散曲叢刊本）
海浮山堂詞稿（明馮惟敏撰　散曲叢刊本）
秋碧樂府（明陳鐸撰　飲虹簃所刻曲本）
梨雲寄傲（明陳鐸撰　飲虹簃所刻曲本）
唾窗絨（明沈仕撰　任訥輯　散曲叢刊本）
江東白苧（明梁辰魚撰　董氏誦芬室刻本）
花影集（明施紹莘撰　散曲叢刊本）
楊升庵夫婦散曲（明楊慎黄娥撰　任中敏編校　商務排印本）
沈東江散曲（清沈謙撰　姚景瀛排印東江別集本）
葉兒樂府（清朱彝尊撰　曝書亭全集本）
樊榭山房北樂府小令（清厲鶚撰　樊榭山房全集本）

有正味齋南北曲（清吳錫麒撰　有正味齋別集本）
江山風月譜散曲（清許光治撰　散曲叢刊本）
香消酒醒曲（清趙慶熺撰　舊刊本　散曲叢刊本）
洄溪道情（清徐大椿撰　散曲叢刊本

（4）其他撰述

教坊記（唐崔令欽撰　商務排印說郛本）
碧雞漫志（宋王灼撰　知不足齋叢書本）
詞源（宋張炎撰　鄭文焯斠律本　蔡楨疏證本）
樂府指迷（元沈義父撰　詞選七種本）
詞品（明楊愼撰　升庵全書本）
藝苑巵言（明王世貞撰　中國書店排印本）
詞林紀事（清張宗橚撰　掃葉山房石印本）

詞苑叢談（清徐釚撰　海山仙館叢書本　有正書局排印本）
歷代詞話（清康熙御定　歷代詩餘附刊本　西泠印社排印本）
詞話叢鈔（王文濡輯　大東書局石印本）
香硯居詞麈（清方成培撰　舊刊本　嘯園叢書本）
蓮子居詞話（清吳衡照撰　舊刊本）
介存齋論詞雜著（清周濟撰　詞辨附刊本）
藝概（清劉熙載撰　舊刊本　東南大學排印本）
白雨齋詞話（清陳廷焯撰　光緒刊本）
蕙風詞話（況周頤撰　惜陰堂叢書本）
人間詞話（王國維撰　觀堂全書本　樸社排印本不全）
中原音韻（元周德清撰　古書流通處石印本　重訂曲苑本）
錄鬼簿（元鍾嗣成撰　劉氏暖紅室刻本　重訂曲苑本）

太和正音譜（明涵虛子撰　古書流通處石印本）
南詞敍錄（明徐渭撰　重訂曲苑本）
衡曲麈譚（明張旭初撰　重訂曲苑本）
曲律（明魏良輔撰　重訂曲苑本）
曲律（明王驥德撰　重訂曲苑本）
曲話（清梁廷枏撰　重訂曲苑本）
雨村曲話（清李調元撰　重訂曲苑本）
劇說（清焦循撰　重訂曲苑本）
詞餘叢話（清楊恩壽撰　重訂曲苑本）
曲錄（王國維撰　觀堂全書本　重訂曲苑本）

（5）時人論著

中國文學史（鄭振鐸編　樸社出版）

顧曲麈談（吳梅撰　商務印書館出版）

散曲概論（任訥撰　中華書局出版散曲叢刊本）

曲諧（任訥撰　散曲叢刊本）

右列各書，率以通行本爲主，庶購求稍易。其詞集於各叢刊中互見者，則取其校勘較精之本。讀本編者，苟能依其性之所近，逐類購讀專書，則學有根源，不至無「安身立命」之地矣。　編者附識。